왜들 그렇게 눈치가 없으세요?

아지즈 네신 **왜들 그렇게 눈치가 없으세요?**

아지즈 네신 지음 | **이난아** 옮김 | **노석미** 그림

살림Friends

| 차 례 |

코란, 재봉틀 그리고 요강

제가 이 세상에 눈을 뜬 것은 우리 집이 불타는 그 순간부터였습니다. 저의 첫 기억은 어두운 하늘을 뒤덮은 그 새빨간 불길이었습니다. 그 전에 일어난 일들은 전혀 기억이 나지 않지만 이 첫 기억은 제 뇌리에 아주 생생히 새겨져 있습니다.

엄마는 절 깨웠습니다. 노란 철제로 된 침대 위 벽에는 은실로 수놓아진 푸른 공단 주머니가 걸려 있었습니다. 엄마는 코란이 들어 있는 그 주머니를 집어 입을 맞추고는 머리에 갖다 댔습니다. 그런 후 내 목에 걸어 주었고, 요람에서 여동생을 꺼내 안았습니다.

커튼이 걸힌 창문을 통해 불똥을 튀기며 불길을 토해 내는 새

빨간 하늘이 보였습니다. 천장, 낮은 소파, 벽에서 빨간빛들이 커지고 작아지며 흔들리고 있었습니다. 거울을 보았습니다. 타오르는 하늘이 거울 속을 꽉 메우고 있었습니다.

누군가 대문을 쾅쾅 두드리고 있었습니다. 알아들을 수 없는 소음, 여기저기서 들려오는 고함……. 때때로 아이의 울음소리 혹은 여인의 비명이 웅웅거리는 소리를 찢고 들려왔습니다.

불길이 불나방처럼 창문에 부딪히는 것을 보았습니다. 타다닥, 불타는 소리……. 그러고는 창문이 없어지고 말았습니다. 녹았든지 아니면 깨졌든지……. 뜨거운 열기가 내 얼굴을 때렸습니다.

갑자기 방문이 부서지며 열렸습니다. 많은 남자들이 집 안으로 들어와 닥치는 대로 물건들을 집어 들고 나갔습니다. 엄마는 이 사람들이 우리 물건들을 불길 속에서 건져 내려는 좋은 사람들이라고 생각하고 있었나 봅니다.

엄마는 양쪽 품에 나와 내 여동생을 안고 계단을 내려가 열린 대문 밖으로 우리를 데려다 놓고는 다시 집 안으로 들어갔습니다.

밖에 있던 남자들이 집 안으로 들어가 가재도구들을 훔쳐 밖으로 나오면서 대문 앞에 있던 우리를 밟기도 했습니다. 엄마는 품에 재봉틀을 안고, 다른 한 손에는 요강을 들고 나왔습니다.

당시 열여덟 살이었던 엄마가 그 불길 속에서 건져 낸 것은 두 자식과 코란, 재봉틀 그리고 요강이었습니다. 재봉틀은 엄마가 힘들게 벌어 장만한 혼수품이었지만 내 여동생의 요강은 불길에 너무나 당황한 나머지 들고 나왔던 것이었습니다.

그때 일어난 그 모든 사건은 두렵다기보다는 마치 하룻밤의 축제, 신나는 명절처럼 느껴졌고 제 기억에도 여전히 그렇게 남아 있습니다.

왜들 그렇게 눈치가 없으세요?

우리 어린 시절에 일어났던 일은 부모님께 하도 자주 들어서 마치 그 사건을 우리 스스로가 기억하고 있는 것처럼 여겨질 때가 많습니다. 사실과 상상이 서로 뒤섞이게 되는 거지요.

저의 첫 기억은 화재입니다. 제 어리고 맑은 정신에 첫 흔적을 남겨 놓은 불의 색.

하지만 그 이전에 일어났던 두 가지 사건을 가지고 우리 집에서 얼마나 말들이 많았는지 저는 그 사건들을 속속들이 알고 있는 것처럼 되어 버렸습니다. 그렇지만 그 사건들이 네 살 때 일어난 일이라는 것을 감안한다면 제가 그걸 기억한다는 건 불가능한 일이겠지요.

우리 집 대문에는 놋쇠 손잡이가 있었습니다. 누군가 그 놋쇠 손잡이로 대문을 두드렸습니다.

그날 엄마는 재봉틀로 헐렁한 일바지를 만들어 입었습니다. 그 일바지는 지금 보더라도 금세 알아볼 수 있을 겁니다. 아주 예쁜 빨간색 비단 천에 동그랗고 하얀 무늬가 있었습니다.

엄마는 새 일바지를 입고 계단을 내려왔습니다. 아래층 거실에 깔려 있는 흰색 돌은 얼마나 자주 닦고 광을 내었는지 노랗게 변해 촉촉한 서늘함마저 풍겼습니다.

엄마가 문을 열었습니다. 아버지는 손에 바구니를 들고 집 안으로 들어와 문턱에 서서 엄마에게 뽀뽀를 했습니다. 난 뛰어가 이웃 아주머니들에게 소식을 전했습니다.

"아빠가 엄마한테 뽀뽀했대요!"

아주머니들은 웃고 또 웃었습니다. 순간 말하면 안 되는 것을 말했나 싶어 얼굴이 붉어졌습니다.

제가 평생 동안 사랑이 충만하고 건강한 가정을 꾸리고 싶어 했던 것은 어쩌면 네 살 때 겪은 이 기억 때문인 것도 같습니다.

두 번째 사건은 이러합니다.

누군가의 초대를 받아 식사를 하고 있었습니다. 식탁 위의 접시에는 구운 생선이 담겨 있었고 집 주인은 그 생선을 각자의 접시에 나누어 주었습니다.

"아주 맛있어요."라고 제가 말하자 식탁에 있던 다른 사람들은 "그래." 하고 말했습니다.

잠시 후 저는 다시 "정말로 아주 맛있어요."라고 말했습니다.

"그래, 아주 맛있구나."라고 그들도 수긍했습니다.

잠시 후 저는 다시 그 말을 반복했습니다.

"정말 아주 맛있어요. 정말로요. 생선이 아주 싱싱해요."

"그래, 맛있게 먹어라."

전 더 이상 참지 못하고 소리를 질렀습니다.

"정말로 왜들 그렇게 눈치가 없으세요? 아까부터 생선이 맛있다고 계속해서 말하고 있잖아요! 제 접시에 생선을 조금만 더 담아 주시면 안 되나요?"

정말 제가 이 일들을 기억하고 있는 건지, 아니면 하도 들어서 그런 일이 있었다고 생각하는 건지 알 수가 없습니다. 뿌옇게 안개에 쌓인 47년 전……

신에게 바친 아이

제 여동생은 세 살 때 병이 났습니다. 다리가 움직이지 않았던 것입니다. 영양 부족으로 생긴 그 병이 뼈에 이상이 생긴 '구루병'이라는 사실을 저는 나중에야 알게 되었습니다.

의사도 없었고, 약도 없었습니다. 단지 이름만으로 알고 있는 의사는 우리에게는 너무나 멀고 목소리조차 들을 수 없는 부유한 존재로 느껴졌습니다. 사람들은 아이들이 죽으면 "신이 선사한 것을 신이 거두어 갔다."고 말하곤 했습니다. 의사나 약은 고사하고 먹을거리만 많았어도 제 여동생은 건강했을 것입니다. 돈을 쓰지 않고 할 수 있는 민간요법이란 요법은 다 해 보았지만 아무런 효험이 없자 사람들은 이렇게 충고했습니다.

"사원의 저녁 기도 소리가 들릴 즈음, 아이를 묘지로 데리고 가 비석 밑에 놓으시오. 절대 뒤돌아보지도 말고, 눈물 한 방울 흘리지 말고, 집으로 돌아오시오. 당신을 뒤따라간 사람이 그 아이를 집으로 데리고 올 것이오."

엄마는 동생에게 옛날처럼 걷고 뛰놀 수 있으려면 그래야만 한다고 말하면서 묘지에 놓고 와도 울지 말라고 당부했습니다. 내 동생은 똑똑하고 예쁜 아이였습니다.

엄마는 밤에 동생을 품에 안은 채 내 손을 잡고 카슴파샤 마을과 베이오울루 마을 사이에 있는 묘지로 향했습니다. 묘지에 있는 울창한 사이프러스 나무는 밤의 그림자를 한층 더 짙게 만들었고, 그 어둠 속에서 비석들은 더 커 보였습니다. 기도 소리가 사원 첨탑에서 묘지로 퍼져 오면 엄마는 품에 안고 있던 동생을 어느 비석 밑에 놓아 두곤 내 손을 잡은 채 뒤도 돌아보지 않고 빠른 걸음으로 걸었습니다. 이 의식은 몇 달 동안이나 계속되었습니다, 겨울까지 말입니다. 그동안 엄마는 한 번도 뒤를 돌아보지 않았을 뿐만 아니라, 세 살짜리 동생 또한 한 번도 울지 않았습니다. 저 역시 찍소리도 하지 않았습니다.

베일로 가린 엄마의 얼굴은 한 번도 보지 못했습니다. 엄마가 동생을 묘지에 놓고 돌아오면서 울지 않으려고 얼마나 안간힘을 썼을까요! 집에 돌아오면 방석에 몸을 던져 복받쳐 오르는 울음을 터트리며 눈물을 흘렸습니다. 누군가가 내 동생을 데리고 올 때까지……

왜 아픈 아이를 마지막 해결책으로서 묘지에 놓고 오는지 세월이 많이 흐른 지금 생각해 보았습니다. 아이를 먹여 살릴 힘조차 없고, 의사도 부를 수 없어 약도 먹일 수 없는 가난한 사람들은 오로지 신에게 애원할 수밖에 없었던 것입니다.

"하느님, 제 아이를 당신에게 맡깁니다. 제 아이의 병을 땅속에 묻어 주시고, 건강하고 튼튼하게 되돌려 주세요!"

첫 명절 옷

저는 다섯 살이 되던 어느 명절날 처음으로 바지를 입었고 처음으로 신발을 신었습니다. 그때까지 제게는 제대로 된 바지도 신발도 없었습니다. 단지 검은색 천으로 된 헐렁한 바지를 입고 나막신을 신었습니다.

엄마가 손수 지어 준 명절 옷은 옆선에 자개 단추가 달리고 검은 벨벳으로 된 반바지와 비단 셔츠였습니다. 엄마는 비단 셔츠의 옷깃에 빨간 비단 천으로 된 리본을 달아 주었습니다.

명절날 아침, 나는 엄마가 지어 준 명절 옷을 입고 대문 밖에 나가 서 있었습니다. 그런데 헐렁한 바지에 나막신을 신은 한 남자아이가 똥물이 가득 찬 개울로 저를 밀쳐 버리고 말았습니다. 엄마는 더러워진 내 명절 옷을 벗기고는 옛날에 입었던 검은색 헐렁한 바지를 다시 입혀 주었습니다.

아버지와 자두

어느 날 대문을 두드리는 소리에 문을 열고 내다보니, 눈썹이 마구 타서 엉켜 있고, 피로에 지친 한 남자가 서 있었습니다. 저는 무서워, "엄마!" 하고 소리쳤습니다. 문 앞에 서 있던 남자는 "아들아, 날 알아보지 못하겠느냐?"라고 말하며 날 품에 안았습니다.

아버지는 적이 후퇴하면서 사람들을 사원에 가두고 휘발유를 뿌려 불을 질렀다면서, 간신히 거기서 도망쳐 나와 목숨을 건졌다고 했습니다.

집으로 돌아온 그날로 아버지는 병석에 눕고 말았습니다. 정신을 차리지 못하고 몇 달 동안이나 누워 있었습니다. 어머니는 전보다 더 많은 군복을 만들고, 더 많은 바느질을 하면서 아버지를 간호했습니다.

아버지는 아주 약해지셨습니다. 나무로 만든 낮은 침대에서 몸을 일으키지도 못했습니다. 손수 약초를 만들기도 했던 아버지는 때때로 발작을 일으키거나 고열로 몸을 떨며 신음했습니다.

"부인, 뭘 좀 덮어 줘!"라며 어머니에게 소리치기도 했습니다. 아버지는 화가 아주 많이 났을 때조차 어머니를 "부인!"이라 불렀습니다.

어머니가 아버지를 뭐라고 불렀는지는 기억나지 않습니다. 어머니는 아버지를 어떤 호칭으로도 부르지 않았으니까요. 하지만 이웃 아주머니들과 얘기하면서 어머니는 아버지를 "우리 양반" 혹은 "그 양반"이라 불렀습니다. 아주 친한 아주머니들과 말할 때면 아버지를 "우리 집 양반"이라 부르기도 했습니다.

"뭘 좀 덮어 줘, 부인! 빨리 덮어 줘!"

어머니는 이불, 재킷, 외투 등 뭐든 잡히는 대로 아버지의 몸 위에 덮었습니다. 침대는 곧잘 작은 언덕이 되곤 했습니다. 하지만 아버지는 당신이 추운 게 마치 어머니 때문이기라도 한 양 화를 내며 소리를 질렀습니다.

"부인, 덮어 달라고 했잖소!"

하루는 아버지가 얼마나 몸을 떨던지 침대까지 덜덜 울리는 듯했습니다.

"빨리 자두를 사 와, 덜 익은 걸로. 자두 말이야……."

아버지는 아주 거칠고 화를 잘 내는 사람이었습니다. 당신이 말한 것은 꼭 되게 해야만 직성이 풀리셨습니다. 아마도 고열로 속이 타서 신 자두가 먹고 싶으셨나 봅니다.

어머니는 밭에 가서 자두를 따 오셨고 아버지는 얼굴을 찡그리며 그 작은 자두를 다 드셨습니다.

그리고 그 다음 날 아버지는 자리를 털고 일어났습니다. 회복이 되신 겁니다. 아버지는 자신이 나은 것이 자두 때문이라고 믿고 있었습니다. 몇 년 동안이나 그 말을 계속했으니 말이지요.

"자두가 아니었으면 아마 난 죽었을 거야."

아버지는 과장하기를 아주 좋아했습니다.

"그날 자두를 두 궤짝이나 먹었다니까!"라고 말하곤 했습니다. 실은 한 주먹이나 될까 말까 한 자두 몇 개를 드셨으면서 말이지요.

첫 죽음

어느 날 집에 사과를 가지고 오신 아버지는 제게 "뒤돌아 서 있거라!"라고 말씀하셨습니다.

제가 벽을 향해 돌아서자, 내 앞에 사과 한 개가 떨어졌습니다. 그리고 하나 더…….

아버지는 "봐라, 신이 이 사과들을 네게 보내 주셨다. 기도하거라!" 하셨습니다.

사과를 보낸 신은 제 여동생을 회복시키지 못했습니다. 제 동생은 죽었습니다.

아버지가 품에 아주 작은 관을 들고 집 마당을 나갈 때, 나는 그게 놀이라고 생각하며 제흐라 아주머니 방의 문지방에 서서

웃었습니다. 그건 놀이일 것이고, 내 동생을 작은 나무 관에 넣고는 묘지에 놓고 올 것입니다. 그곳에서 내 동생은 병이 다 나아 뛰어서 집에 올 것이었습니다.

"아이를 안으로 데리고 가요."

주위에 있던 사람들이 말했습니다.

엄마는 울면서 제 곁으로 오시더니 입맞춤을 해 주시며 "네 동생이 죽었단다. 웃으면 안 돼."라고 말씀하셨습니다.

저는 제가 나쁜 짓을 했다는 것을 알고는 부끄러웠습니다.

사람들은 제게 왜 풍자 작가가 되었냐고 항상 묻습니다. 저도 모르겠습니다. 하지만 아마도 절 풍자 작가로 만든 것은 저의 삶이었던 것 같습니다. 저는 눈물 속에서 여기까지 왔습니다.

응답 없는 첫사랑

하산 아저씨는 카슴파샤에 있는 해군사령부에서 정원사로 일했습니다. 우리와 같은 집에서 세 들어 살던 아저씨는 정원에 꽃과 야채를 심곤 했습니다. 내가 항상 아저씨를 따라 괭이질을 하고 싶어 했기 때문에 아저씨는 내가 괭이에 손을 대지 못하도록 내 손이 닿지 않는 말뚝 위에 괭이를 올려 놓곤 했습니다. 나는 아무도 보지 않는 틈을 타 말뚝을 흔들고는 괭이를 떨어뜨려 정원을 갈곤 했습니다.

정원 한 켠에는 집주인이 키우던 닭 한 마리가 있었습니다. 나는 닭이 철사로 둘러쳐 있는 좁은 공간에서 계속 발톱으로 땅을 휘젓고 있는 것을 보고는 마음이 아팠습니다. 그래서 나는 닭장 문을 열고 닭을 풀어 주었습니다. 닭은 밖으로 나오자마자 내게 달려들어 얼굴을 할퀴고 주둥이로 쪼아 댔습니다. 반짝이는 빨간 깃털, 커다란 벼슬, 아름답긴 하지만 선행과 사랑을 이해하지 못하는 괴물 같은 닭……. 부풀어 오른 가슴과 두터운 목이 햇빛을 받아 반짝반짝 빛을 내고 있었습니다. 내가 달려들자 닭장 안으로 도망쳤고, 난 닭장 문을 닫았습니다. 하지만 닭은 제 성질을 이기지 못하고 계속 닭장 문을 향해 돌진해 왔습니다. 어찌 된 일인지 나와는 적이었습니다.

내가 하와 아주머니네 아기들의 요람을 흔들며 잠을 재워 주었기 때문에 아주머니는 제게 빵을 주셨고, 나는 그 빵을 닭에게 주었습니다. 하지만 닭은 내 머리 위로 올라와 주둥이와 발톱으로 내 얼굴에 상처를 내며 날 쫓은 후 정원에 던져진 빵 부스러기들을 먹곤 했습니다. 나 이외의 다른 사람은 닭장에 갇혀 있는 그 닭을 풀어 주지도, 빵 부스러기를 주지도 않았습니다.

하루는 닭이 내게 달려들어 어찌나 가혹하게 발톱으로 할퀴면서 주둥이로 쪼아 대던지 저는 도망치다 그만 넘어지고 말았습니다. 집주인 아들이 와서 겨우 날 구해 주었습니다. 내 얼굴은 피투성이였습니다.

그 닭을 죽이기로 했다는 말을 듣고는 아무도 없는 세탁실에 들어가 눈물을 흘렸습니다. 닭을 잡았는지 닭은 괴성을 질러 댔습니다. 닭은 정원에서 소리쳤고, 난 안에서 울었습니다.

나는 하산 아저씨에게 가 애걸했습니다.

"다시는 정원에 나가지 않을게요, 다시는 닭장 문을 열지 않을게요. 코란에 걸고 맹세해요."

내가 울고불고 애원을 하자 아저씨는 닭을 죽이지 않았습니다.

어느 날 나는 몰래 또 정원을 찾았습니다. 말뚝을 흔들자 괭이가 떨어졌습니다. 떨어지기는 했는데 바닥이 아니라 내 머리 위로 떨어졌습니다. 뾰족한 괭이 날이 내 이마에 박혀 버리고 말았습니다. 나는 피투성이가 된 채 방으로 돌아갔습니다. 방 안에는 마침 우리와 같이 세 들어 살던 아주머니들이 한자리에 모여 있었습니다. 아주머니들은 피투성이가 된 나를 보자 하나같이 비명을 질러 댔습니다. 그 비명에 놀라 나는 울기 시작했습니다. 엄마는 피가 흐르는 상처에 소금 한 주먹과 연초를 올려 놓고는 붕대를 감아 주었습니다.

그날 이후로 다시는 정원에 나가지 않았기 때문에 사람들은 "이마를 크게 다친 후에야 정신을 차렸구나!"라고들 말했습니다.

하지만 난 이마를 다쳤기 때문이 아니라 나 때문에 닭이 죽을지도 모른다는 두려움 때문에 정원에 나가지 못했던 것입니다.

꽃

　나의 어머니는 글을 읽고 쓸 줄 모르셨지만 섬세한 감정과 이성을 가진 여자였음에는 틀림이 없습니다. 모든 어머니들은 이 세상에서 가장 좋은 분들입니다. 나의 어머니도 내 어머니이기 때문에 이 세상에서 가장 좋은 분이셨습니다.

　어느 날 정원에서 꽃을 꺾어 어머니에게 갖다 드렸습니다. 어머니는 기뻐하셨습니다. 그러고는 "가서 꽃을 조금 더 꺾자꾸나."라고 말씀하셨습니다.

　우리는 정원으로 나갔습니다. 어머니는 나에게 꽃 한 송이를 가리키며 말했습니다.

　"봐라, 정말 아름다운 꽃이지. 이 꽃들은 살아 있단다. 그것들

도 생명이 있지. 꺾으면 가엾게도 꽃은 죽고 만단다. 가지에 붙어 있을 때 더 아름답게 보이지 않니? 꽃병에 있을 땐 이렇게 아름답게 보이지 않더구나."

그러고는 꽃 앞으로 나를 데려가시더니 "가엾지 않다면 꺾어 보려무나……."라고 말씀하셨습니다.

나의 습성 중 좋은 것이 있다면 그건 모두 어머니에게서 물려받은 것입니다. 모두 어머니에게 빚을 지고 있는 셈이지요.

천가방

제가 다닌 초등학교는 집에서 멀리 떨어져 있었습니다. 변변한 외투도 없던 그 시절, 겨울이 되면 항상 손이 얼어붙을 정도로 추웠습니다. 당시 저는 엄마가 만들어 준 카키색의 두꺼운 천 가방 안에 책과 공책을 넣고 다녔습니다.

가는 길에 손이 너무 시려 가방을 손으로 쥐지 못하고 겨드랑이 밑에 끼고 다녔습니다. 추위를 조금이나마 견뎌 보기 위해 손을 가방 밑에 넣곤 했습니다.

학교에서 집으로 돌아오면 손은 얼얼하게 아팠습니다.

하루는 학교에서 돌아왔는데 어머니가 "네 가방은 어쨌니?" 하고 물으셨습니다.

고개를 숙여 겨드랑이를 보니 가방이 없었습니다. 돌아오는 길에 추위로 손이 얼어붙는 바람에 가방을 떨어뜨리고 온 것조차 몰랐던 것입니다. 왔던 길을 되돌아가 보았지만 가방은 없었습니다.

세월이 많이 흐른 후에 아버지는 이 사건을 아주 다르게 설명하시곤 했습니다.

"제가 아들에게 번쩍번쩍한 새 가방을 사 주었지요. 아주 비싼 가방…… 아주 멋지고 튼튼한 가방을요. 가방 안은 세 부분으로 나뉘어져 있었어요. 게다가 자물쇠도 달려 있었고요. 그 멋진 가방을 학교에 가지고 간 첫날 제 아들은 손이 시리다는 이유로 길에 떨어뜨리고 왔답니다. '아이고! 내 아들…… 가방 어딨냐?' 하고 물었더니 그제야 겨드랑이 밑에 가방이 없는 걸 보곤 그만 울기 시작했지 뭡니까. '울지 마라 애야, 내가 더 좋은 것을 사 주겠다.'고 말했지요. 그러곤 멋진 가방을 사 줬지요."

아버지는 이렇게 설명했고, 계속 그렇게 설명하다 보니 저는 그 말이 마치 사실인 것처럼 여겨졌습니다. 아버지는 당신의 마음속에 있는 바람을 설명했던 것입니다. 당신의 바람이 이루어졌다고 굳게 믿으며 말입니다.

저는 단 한 번이라도 "아버지, 사실은 그렇지 않은데요."라고 말할 수 없었습니다.

아버지는 웃으며 설명했고 나도 웃으며 듣곤 했습니다.

우리들 대부분은 가난이 무슨 죄라도 되는 양 부끄러워합니다. 저도 오랜 세월을 가난 때문에 부끄러워했습니다, 작가가 되기 전까지는 말입니다. 하지만 글을 쓰기 시작하면서부터 모두가 가난한 나라에서는 가난이 부끄러운 게 아니라 재산이 많은 게 더 부끄러운 것이라는 걸 알게 되었습니다.

코즈헬와스

학교 정문 앞에는 상인들이 있었고, 아이들은 그곳에서 과일을 사곤 했습니다. 나는 용돈을 한 번도 받아 본 적이 없었기 때문에 그곳에서 뭘 사 본 적도 없었습니다. 가난은 사람을 탐욕스럽게 만들거나 아예 욕심 없는 사람으로 만들기도 합니다. 사람에 따라 다르겠지만 가난은 날 욕심 없는 사람으로 만들었습니다. 색소가 물든 혀로 입술을 쪽쪽 빨며 각종 사탕을 먹는 아이들을 비롯해 개암나무 열매, 땅콩, 해바라기씨를 먹는 아이들을 나는 단 한 번도 부러워한 적이 없었습니다. 하지만 코즈헬와스(호두와 설탕을 섞어 만든 터키 고유의 단 음식―옮긴이)만은 꼭 먹고 싶었습니다. 한 번도 먹어 본 적이 없어서 꼭 맛을 보고 싶었습니다. 얼마나 먹고 싶었던지 꽈배기 모양이나 콘 모양의 코즈헬와스를 파는 가게 앞을 지날 때면 유리 진열장에 눈길 한 번 주지 않고 그냥 지나치곤 했습니다.

하루는 친구가 먹다 남은 코즈헬와스를 내게 주었습니다. 하지만 나는 "먹고 싶지 않아!"라고 말했습니다.

어머니가 그렇게 가르쳤던 것입니다. 행상인 앞에서 뭘 사 달라고 조르거나 떼를 쓰는 것은 물론이고 친구가 먹고 있는 게 부러워 달라고 하는 것이나 남에게 손을 벌리는 것은 아주 부끄러운 짓이라고 하셨습니다.

저는 이러한 부끄러운 짓을 한 번도 해 본 적이 없었습니다.

하지만 그날은 여느 때보다 일찍 일어났습니다. 어머니와 아버지는 아직 주무시고 계셨지요. 아버지 조끼는 옷자락 한쪽이 늘어진 채 방석 위에 던져져 있었습니다. 나는 손을 조끼 주머니 속에 넣고 뒤적거려 100리라(터키의 화폐 단위—옮긴이)짜리 지폐 하나를 꺼냈습니다. 그러고는 천 가방을 들고 학교로 향했습니다. 가는 길에 아주 커다란 코즈헬와스를 하나 샀습니다. 막 한 입 베어 물려고 하는데, 서로 몸을 밀치고 당기던 두 아이가 내게 넘어지는 바람에 손에 들고 있던 코즈헬와스가 그만 물웅덩이에 빠지고 말았습니다. 나는 코즈헬와스를 웅덩이에서 꺼냈습니다. 어떻게 하지, 하며 계속 코즈헬와스를 바라보고 있는데 예전에 제게 먹다 남은 코즈헬와스를 줬던 아이가 다가왔습니다.

"나는 안 줘?"

"물에 빠졌어."

"괜찮아."

나는 코즈헬와스를 친구에게 주었고, 그 친구는 맛있게 먹었습니다.

집에 도착했을 때는 아버지의 주머니에서 몰래 돈을 가져갔다는 사실조차 까맣게 잊고 있었습니다.

아버지는 아주 부드러운 목소리로, "애야, 오늘 돈으로 무얼 샀니?" 하고 물으셨습니다.

"무슨 돈이요?" 하고 말하는 순간 정신이 번쩍 들며 조끼 주머니에서 꺼냈던 100리라가 떠올랐습니다. 나는 고개를 숙이고 아무 말도 하지 못했습니다. 말을 하면 울 것 같았기 때문입니다.

어머니는 "너무 꼬치꼬치 캐묻지 마세요. 아마 코즈헬와스를 샀을 거예요."라고 하셨습니다.

제가 조끼 주머니에서 돈을 꺼내 가는 걸 어머니와 아버지는 이불 속에서 보고 계셨던 모양입니다. 어머니는 학교까지 내 뒤를 쫓아 가게에서 코즈헬와스를 사는 것을 보셨다고 합니다.

어머니와 아버지는 내가 잘못을 했다고 해서 바로 다그치시지는 않으셨습니다. 마치 대수롭지 않다는 듯 그냥 지나치시곤 했습니다. 정말 잘하신 일인 것 같습니다. 그 영향은 훨씬 더 컸기 때문입니다. 40년 후에 제가 쓴 연극 대본에도 그 코즈헬와스 이야기가 들어가 있으니 말입니다.

아버지가 때린 따귀

아버지에게서 평생 딱 한 번 매를 맞았습니다.

아버지는 물건을 살 때 흥정을 지나치게 많이 하셨습니다. 아버지가 끈질기게 흥정을 하는 게 너무나 지루했고 부끄러웠습니다. 흥정을 하지 않고는 파 한 뿌리도 그냥 사는 걸 본 적이 없었기 때문입니다. 함께 시장을 나서면 아버지가 모든 상인들과 흥정을 벌이는 통에 물건 사는 일은 몇 시간이나 걸리곤 했습니다.

하지만 아버지는 흥정을 하면서 그 물건의 원가나 진짜 가치가 얼마나 되는지는 알지 못했습니다. 상인이 얼마를 부르든 물건 값을 절반도 안 되게 깎았습니다.

흥정을 할 때면 아버지는 자주 상인에게 "깎아 주면 기도를 해 주겠소."라고 말했습니다. 기독교인 상인들에게조차 습관적으로 이 말을 하는 것을 보고는 나는 아주 놀라곤 했습니다.

한번은 어머니가 아버지에게 진지르리 상표 실패를 사오라고 해서 마흐뭇파샤 시장(터키 이스탄불에 있는 한국의 남대문 시장 같은 도매 시장—옮긴이)에 간 적이 있습니다. 아버지는 내 손을 잡은 채 길가에 있는 모든 실패 상인들과 흥정을 벌였습니다. 그 누구도 60리라 이하로는 실패를 팔지 않았습니다. 그것도 아버지가 세 개를 산다고 하니 내린 가격이었습니다.

마흐뭇파샤 시장 오르막길에는 한 걸음 건너 상인들이 있습니다. 아버지는 그 모든 상인들 앞에 멈춰 서서 오랫동안 흥정을 벌였습니다. 그러다 결국 마흐뭇파샤 시장 오르막길 끝까지 오게 되었습니다.

아버지는 오르막길 끝자락에서 실패를 파는 상인과 팽팽한 흥정에 들어갔습니다. 상인은 절대 60리라 아래로는 팔 수 없다고 말했습니다. 그러면 아버지는 이렇게 말했습니다. "아래쪽에 있는 실패 파는 상인이 50리라에 주겠다고 했는데 사지 않았소. 내가 40리라에 팔라고 했거든. 자, 그걸 내게 50리라에 주면 사겠소."

유대인 상인 앞에서 아버지를 부끄럽게 만들려는 의도는 전혀 없었습니다. 당시 나는 정말로 아버지가 뭔가를 착각하고 있는 게 아닌가 싶어 "아니에요, 아버지. 다른 실패 장수들도 60리라라고 했어요."라고 말했습니다. 그런데 순간 내 뺨에 따귀가 올라왔습니다. 아버지가 어떻게 이럴 수가! 아버지는 지금까지 절 때리기는커녕 혼을 낸 적도 없었기 때문입니다.

아버지는 순간 너무도 화가 나 자신도 모르게 그만 내 따귀를 때리고 만 것이었습니다. 나는 다른 사람 앞에서 눈물을 보이면 안 된다는 것을 알고 있었습니다. 내 기분은 아주 엉망이 되었고, 아버지는 나보다 더했습니다. 아버지는 아무 말 않고 60리라를 지불하고는 실패를 샀습니다.

그리고 아버지는 내 손을 잡았고, 우리는 그렇게 걸어갔습니다.

넌 길에서 주워 왔어

라마단(이슬람교의 금식월―옮긴이)은 가난한 집에서조차 생활고가 별로 드러나지 않는 달입니다. 이프타르(금식 기간 중의 저녁식사―옮긴이) 식탁에는 어머니가 만드신 잼과 치즈, 올리브 그리고 피데(납작하게 구운 빵―옮긴이)가 올라와 있습니다. 이프타르를 알리는 대포 소리가 들리면 아버지는 빵을 한두 조각 드시고는 바로 담배를 입에 무십니다. 담배를 피우신 후에 저녁 기도를 올리고 다시 식탁에 앉습니다. 수프가 오고 뒤를 이어 다른 음식들이 나옵니다.

어머니는 사후르(금식 기간 중 해 뜨기 전에 먹는 식사―옮긴이) 때 먹을 음식을 준비합니다. 주석을 입힌 동(銅)대접에 미지근

한 물을 담고 과일 말린 것들을 으깹니다. 오얏이나 살구 등 과일 말린 것들을 다 으깬 후 우리는 함께 이웃집에 놀러갑니다. 어머니는 이웃집에서 돌아오면 바로 잠자리에 들 수 있도록 미리 시트와 이불을 깔아 놓습니다.

내가 아주 좋아하는 것이 있습니다. 그건 아버지가 방문을 열고 들어올 때 어머니가 미처 등불을 켜기도 전에 바닥에 깔려 있는 잠자리 위로 몸을 날리는 것입니다. 나는 이 놀이를 아주 좋아합니다. 매일 밤 집에 돌아오면 문지방에서 잠자리를 향해 뛰어듭니다.

하루는 항상 들렀던 아버지 친구 분 집에서 돌아왔을 때였습니다. 나는 여느 때와 마찬가지로 문지방에서 잠자리로 펄쩍 뛰어들었습니다. 하지만 이번에는 이불이 아니라 침대의 나무판 위로 떨어졌습니다. 순간 나는 너무나 놀랐습니다. 어머니는 그날 밤 집을 나서면서 깜빡 잊고 잠자리를 깔지 않았던 것입니다. 나는 너무 아파 일어날 수가 없었습니다. 어머니와 아버지는 웃음을 터트렸습니다. 나도 따라 웃었습니다. 우리 집에서 이렇게 웃는 일은 거의 없습니다. 이것은 우리 집의 아주 작은 행복입니다. 행복은 가난한 우리 집에 아주 가끔 들렀고, 우리는 이렇게 아주 가끔 웃습니다.

우리 가족은 잠자리에 누웠습니다. 어머니와 아버지는 조금

전의 장난을 계속하고 있습니다.

어머니는 "우린 널 길에서 주워 왔단다. 누군가 널 길거리에 내다 버렸는지 넌 밖에서 추위로 벌벌 떨고 있었지. 네가 너무 가여워 집으로 데리고 왔단다."라고 말했습니다.

저는 믿지 않았습니다, 아니 믿고 싶지 않았습니다. 하지만 마음속으로 의심이 가기도 했습니다. 정말로 날 길에서 주워 왔을까? 내가 진짜 엄마 자식이 아닌가?

나는 그 말을 믿지 않는다고 말하고 싶었습니다. 하지만 내 목소리는 떨리고 입술은 실룩거리면서 눈앞은 뿌옇게 변했습니다.

어머니는 "넌 진짜 우리 아들이 아니야. 믿지 못하겠으면 아버지께 물어보렴." 하셨습니다.

우리 아버지는 사실만을 말합니다. 농담을 좋아하지 않고 남을 놀리는 것을 싫어하는 진지한 사람이기 때문이지요.

"아빠, 진짜로 내가 엄마 아빠 아들이 아니야?"

"엄마가 말했지 않니? 널 길에서 주워 왔다고."

이제는 날 길에서 주워 왔다는 것을 믿습니다. 순간 엄마와 아버지가 한꺼번에 이방인이 되어 버렸습니다. 목에 커다란 뭉치가 걸린 것 같습니다. 아, 일어나서 화장실에 갈 수만 있다면……. 화장실은 내가 우는 장소입니다. 거기에서 몰래 몰래 웁니다. 나는 울고 또 웁니다. 울은 게 티 나지 않도록 녹이 슨

세숫대야에 수돗물을 받아 얼굴을 잘 씻습니다.

하지만 이번에는 눈물을 보이지 않고 화장실까지 갈 수가 없습니다. 곧 울음이 터질 것 같습니다. 부모님은 내가 우는 것을 볼 테지요.

엄마 아빠는 웃고 있습니다. 나도 웃으려고 애를 써 보지만 더 이상 참지 못하고 울어 버리고 맙니다. 엄마는 가슴에 날 꼭 안습니다. 꼬옥 꼭.

"바보! 어떻게 그렇게 금방 믿어 버리니?"

엄마의 눈에도 눈물이 맺혀 있습니다. 그 눈물 맺힌 눈으로 여전히 웃습니다. 나를 웃게 만들려고 하는 거지요. 어쩌면 당신의 어린 시절을 기억했는지도 모릅니다. 엄마도 없고 아버지도 없었던 어린 시절을 말입니다. 나는 엄마 품에 있습니다. 가장 안전한 곳에. 이번에는 내가 당신들의 자식이라는 걸 믿게 만들려고 하십니다. 하지만 제 마음에는 여전히 의구심이 남아 있습니다. 혹시 날 위로하려는 건 아닐까?

나는 엄마 품에서 잠이 듭니다. 그러다 날 침대로 데려다 놓은 것 같습니다.

꿈속에서도 아이의 무의식은 계속 활동합니다. 아주머니들이 하는 말을 얼핏 들은 적이 있습니다. 사람이 죽으면 키가 아주 아주 커진다고 말이지요. 사람의 영혼은 발에서부터 빠져나가기 때문이랍니다. 그래서 발이 먼저 차가워지는 거라고요.

　무의식은 놀랄 만큼 왕성하게 활동합니다. 엄마의 키가 마구 커집니다. 나는 잠에서 깹니다. 나의 잠자리는 부모님의 발밑에 있습니다. 잠자리에서 일어나 엄마를 바라보았습니다. 엄마의 키가 정말로 커진 것 같았습니다. 다리를 쭉 뻗고 주무시는 엄마의 키가 방의 길이보다, 집의 길이보다 더 깁니다. 나는 이불 밑으로 손을 뻗어 엄마의 발을 만져 봅니다. 발은 얼음장처럼 차가웠습니다.

　"엄마아아아!"

　"왜 그러니? 무슨 일이야?"

　"아무 일도……."

　"꿈꿨니? 무서운 꿈 꿨니?"

　"아니……."

　나는 이불을 머리까지 끌어당깁니다.

잉크를 아주 많이 핥았지

명절이 되면 아이들은 집집마다 돌아다니며 이웃집 아주머니와 아저씨들의 손등에 입을 맞춥니다. 그러면 어른들은 아이들에게 용돈을 줍니다. 돈 대신에 손수건을 주는 사람들도 있지요. 손등에 입을 맞추러 가는 아이들의 시선은 벌써 돈을 줄 어른들의 손에 가 있습니다. 자리에 느긋이 앉아 있지도 못합니다.

'저 돈을 주면 빨리 나갈 텐데…….'

어른들도 이를 알기 때문에 대부분은 문을 열자마자 문 앞에서 손등에 입맞춤을 하는 아이들의 손에 돈을 쥐어 줍니다. 돈을 받은 아이는 눈 깜짝할 사이에 사라져 한적한 곳에서 손 안에 쥐어진 돈을 세며 궁금증을 풉니다.

아이들은 서로 자신들이 받은 돈을 보여 주며 자랑을 합니다.

명절 때 용돈을 받으려고 알지도 못하는 사람들의 대문을 두드리는 아이들도 많습니다. 어떤 집 앞에는 서로 얼굴도 모르는 아이 대여섯이 명절 용돈을 받기 위해 기다리고 있습니다.

제 부모님은 명절날, 돈을 받기 위해 어른 손등에 입을 맞추는 것을 절대 못하게 했습니다. 간혹 우리 집에 오시는 어른들의 손등에는 입을 맞추었지만 그들이 주는 돈은 받지 않았습니다. 돈을 받지 않으면 손님들은 멋쩍어하며 계속 받으라고 재촉합니다. 그러면 저는 죄인이라도 되는 양 부끄러웠습니다. 누군가 돈을 억지로 제 호주머니에 넣기라도 할라치면 저는 얼른 저 멀리로 꽁무니를 빼곤 했습니다. 그러면 아버지는 손님이 무안해하지 않도록 제게 "받아라, 받아!"라고 말하곤 했습니다.

받기는 받지만 아버지에게 화가 났습니다. 가난은 사람을 탐욕스럽게도 하고 욕심 없는 사람으로 만들기도 합니다.

우준율 마을의 카슴파샤 선착장 근처에는 문방구와 서점을 하는 와힛이라는 분이 있었습니다. 그 주변에 다른 서점은 없었는지 와힛이라는 이름을 모두들 알고 있었습니다. 그곳은 페스(검은 장식술이 달리고, 챙이 없는 빨간색의 원통형 터키 식 모자—옮긴이) 수선 가게 등 몇 개의 가게를 지나 있었습니다. 혹은 계단

한두 개를 내려와 길에서 약간 떨어져 있는 가게였던 것도 같습니다.

그 작은 가게 안엔 책이나 문구류 따위가 빽빽이 차 있었습니다. 그곳을 지나칠 때면 가던 길도 멈추고 진열장에늘어선 책이나 자, 콤파스 그리고 반짝이는 색종이와 스티커를 정신을 놓고 바라보곤 했습니다. 단지 와힛의 진열장을 보기 위해 그곳에 간 적도 많았습니다. 그 일은 당시 저의 가장 큰 즐거움이었습니다. 이 가게에 들어가 돈으로 무언가 살 수만 있다면……. 내가 가장 사고 싶었던 것은 잉크였습니다. 고체로 된 검은 잉크. 새끼손가락 크기만 한 고깔 모양으로, 뾰족한 끝에는 손으로 잡을 수 있도록 실이 달려 있었습니다. 이 고체 잉크에 미지근한 물을 섞어 검은 잉크를 만들었습니다.

내가 어린 시절 가장 선망했던 것 중 하나가 이 잉크를 갖는 것이었습니다.

내가 사용했던 잉크는 아버지가 굴뚝에서 긁어모은 그을음과 검댕으로 만든 것이었습니다. 그을음으로 만든 것은 꽤 괜찮았지만 검댕으로 만든 것은 찌꺼기가 있어서 좋지 않았습니다. 잉크가 종이에 번졌기 때문이지요. 그리고 번지고 나면 종이에서 지울 수가 없었습니다. 하지만 그을음으로 만든 잉크는 글씨를 잘못 써도 혀로 핥으면 지워지곤 했습니다(이제는 사용하지 않는 '잉크를 핥다.'라는 관용구는 여기에서 온 말입니다. '잉크를 많이도 핥았지.'라는 말은 '글을 잘 쓰고 좋은 교육을 받았어.'라는 의미입니다).

명절날 우리 집에 들른 손님 한 분이 내가 손등에 입을 맞추자 돈을 주려 했습니다. 나는 받지 않았습니다. 그분이 자꾸 주려 했지만 나는 받지 않았습니다.

아버지는 "받아라, 받아. 모르는 사람도 아니고 삼촌이잖니?"라고 하셨습니다.

돈을 받긴 했지만 쑥스러운 마음에 얼른 그 자리를 빠져나왔습니다. 그러고는 곧장 와힛 아저씨 가게로 향했습니다.

그때 나는 엄마가 헌 옷을 뜯어 만들어 준 명절 옷을 입고 있었습니다. 돈을 그 바지 주머니에 넣고는 와힛 아저씨네 문방구로 뛰어갔습니다.

"아저씨, 잉크 주세요!"

아저씨는 잉크를 주었습니다.

호주머니에 손을 넣어 돈을 꺼내려는데 돈이 없었습니다. 알고 보니 호주머니에 구멍이 뚫려 있는 것이었습니다. 엄마가 낡은 옷으로 명절 옷을 새로 기우면서 미처 호주머니를 살피지 못했든지 혹은 꿰맬 시간이 없었든지 둘 중 하나일 겁니다.

손에 들고 있던 잉크를 천천히 내려놓고는 가게 밖으로 나왔습니다. 와힛 아저씨가 내 뒤에서 소리쳤습니다.

"돈을 내지 않았잖니!"

"잉크를 사지 않았는데요, 아저씨."

나는 순간 너무나 부끄러워 땅속으로 사라지고 싶었습니다.

떨어뜨린 돈을 어쩌면 찾을 수 있지 않을까 싶어 지나왔던 길을 샅샅이 뒤져 봤지만 돈은 없었습니다.

페스틀

명절이 다가오고 있습니다. 마을의 모든 아이들은 즐거운 마음으로 명절 맞을 준비를 했습니다.

이웃 소녀들 중 어떤 아이는 분홍 비단 바지를 입었고, 어떤 아이는 끈이 달린 칠피(옻칠을 한 가죽─옮긴이) 신발을 샀습니다. 가죽이 얼마나 반짝이던지 신발에 얼굴이 다 비칠 정도였습니다.

한 소년이 신은 명절 부츠가 제 마음에 쏙 들었습니다. 검은 가죽에 발목 부분은 회색 스웨이드로 되어 있었습니다. 옆 부분에는 반짝거리는 작은 단추가 달려 있었고요. 단추를 쉽게 채우라고 반짝이는 쇠고리가 달려 있었습니다. 아이는 이 고리로 단추를 쉽게 채웠습니다. 제 어린 시절 이것만큼 마음에 들었던 것도 없었습니다.

나도 크면 이 단추 달린 부츠를 살 거라고 생각했습니다. 그 것도 아주 많이요.

내게는 명절 선물이 따로 없었습니다. 그래도 나는 다른 아이들과 마찬가지로 명절 맞을 준비로 마음이 설렙니다.

엄마가 제게 명절 선물을 사 주지 못해 마음 아파하고 있다는 것을 알고 있습니다.

명절 전야였습니다. 엄마는 내 손에 40리라를 쥐어 주곤 "애야, 가서 페스(사다리꼴의 빨간 펠트 모자 — 옮긴이) 틀을 새로 하거라!"라고 하셨습니다.

명절을 맞아 내 페스의 틀을 새로 갈아 끼울 생각을 하니 순간 너무나 기뻐 날아갈 듯했습니다.

나는 페스 틀 수선가게로 단숨에 뛰어갔습니다. 처음으로 저 혼자 페스 수선가게에 가는 것이었습니다. 제가 이제는 다 큰 것 같았습니다.

가게는 우준을 거리의 바흐리예 병영 맞은편에 있었습니다. 나는 안으로 들어가 수줍은 목소리로 "아저씨, 제 페스의 틀을 새로 하고 싶은데요."라고 말했습니다.

상인 아저씨나 가게 주인을 포함해 제가 잘 모르는 남자 어른들은 모두 제게 '아저씨'였습니다.

허리에 수건을 두르고 있는 아저씨 앞에 노란 금속으로 된 페스 틀들이 줄지어 있었습니다. 아저씨는 나의 구깃구깃한 페스를 받아 옆에 있던 주전자 안의 물로 페스를 적십니다.

페스 꼭대기에 달려 있던 술 장식 하나를 떼어 냅니다. '아, 내 페스에도 달랑거리는 술 장식이 있다면 얼마나 좋을까?' 빨간 페스에 달린 검은색 술 장식이 반짝거립니다. '난 술 장식이 화려하게 달린 페스는 영원히 갖지 못할 거야.'

내 페스에는 그저 면사로 된 술이 달려 있습니다.

가게 주인은 물을 뿌려 적셔 놓은 내 페스를 실린더 모양의 나무 틀에 씌웁니다. 그 위로 다시 노란 금속으로 된 외부 틀을 씌웁니다. 이 노란 금속 틀에서 뿜어져 나오는 열로 물기를 머금은 페스에서는 김이 올라왔습니다. 주인은 금속 틀 양쪽에 있는 손잡이를 잡아 돌리고는 들어 올립니다. 잠시 후 페스는 다림질되어 틀을 새로 한 셈이 됩니다.

주인은 술을 달아 페스를 제게 건네줍니다. 뒤에는 순서를 기다리는 다른 손님들이 있습니다.

틀에서 금방 나온 페스는 아주 따스합니다. 오븐에서 막 나온 쿠키처럼 여전히 김이 모락모락 올라오고 있습니다. 그리고 특유의 냄새도 있습니다. 그건 바로 기름, 땀, 흙, 비 그리고 탄내가 뒤섞여 있는 냄새입니다.

김이 모락모락 나는 그 따스한 페스를 머리에 쓰면 거기에 달려 있던 오래된 장식 술들도 갑자기 새것처럼 느껴집니다.

내 명절 선물은 이것입니다. 새로 틀을 잡은, 장식 술이 달린 페스.

집에 오면 틀이 변형되지 않도록 엄마는 페스를 높은 선반에 올려놓습니다. 명절 때 사용할 것들은 명절날 아침에 입거나 써야 하기 때문입니다.

그날 밤 아버지는 밤늦게 집에 돌아옵니다. 평소 같으면 저녁 기도 시간 무렵이면 집에 계시는데 말입니다. 아버지가 그날 저녁 왜 늦게 들어오셨는지 나중에 커서야 이해하게 되었습니다. 바로 아내와 아들에게 명절 선물을 사 주지 못했기 때문입니다. 이 수치는 분노로 변해 아버지는 집에 오면 괜스레 엄마에게 화를 내곤 했습니다.

엄마는 방 한가운데 대야를 놓고 제게 목욕을 시켜 줍니다. 명절 전야에는 무슨 일이 있어도 아이들을 꼭 씻겨야 하기 때문입니다. 그러고는 잠자리에 눕히고 입을 맞추어 줍니다. 엄마는 그날 내게 발목까지 오는 긴 검은 양말을 사 주셨습니다. 나는 새 양말을 베개 밑에 넣습니다. 모든 아이들이 나처럼 목욕을 한 후 명절 때 입을 것들을 침대로 가지고 가 그렇게 잠이 듭니다.

내가 명절 때 입을 옷이 없다는 게 엄마의 마음을 계속 아프게 합니다. 그래서 엄마는 날 재운 후에 램프 불을 약하게 하고선 아버지의 헌옷을 뜯어 재봉틀로 내 새 옷을 만들 것입니다. 그것도 아침까지 완성해야 합니다.

아버지가 귀가했을 때 저는 이미 잠들어 있었습니다.

하지만 아버지가 소리치는 것을 듣고 잠에서 깹니다. 성격이 아주 불같았던 아버지는 바느질은 그만하고 어서 자라고 엄마에게 소리를 지릅니다. 엄마는 아무 말도 하지 않고 눈물을 흘립니다. 나는 이불 속에서 잠이 깼다는 것을 들키지 않으려고 애를 씁니다.

아버지가 잠이 들면 나도 잠이 들 것이고, 엄마는 아침까지 바느질을 할 겁니다. 아버지는 아침 일찍 일어나 명절 예배를 드리기 위해 사원에 갈 것입니다.

아버지가 사원에서 돌아오시기 전에 엄마는 나를 깨웁니다. 한숨도 안 주무시고 아침까지 안간힘을 써 만든 옷을 내게 입혀 줍니다. 엄마도 개중 제일 새것처럼 보이는 바지를 입습니다. 그러고는 화로 위에 찻주전자를 올려 놓은 후 아침 식사를 준비합니다.

아버지는 사원에서 돌아오면 목재 침상의 털가죽 위에 앉으십니다. 먼저 엄마가 아버지의 손등에 입을 맞추면 아버지는 엄마의 볼에 입을 맞춥니다.

간밤의 신경전은 모두 잊어버린 겁니다. 다음에 내가 아버지의 손등에 입을 맞추면 아버지도 나를 껴안고 입을 맞춥니다. 아버지의 풍성한 콧수염과 턱수염이 까칠까칠하게 내 뺨을 스칩니다.

이렇게 해서 명절을 축하하는 의식은 끝난 셈이 됩니다.

우리는 아침 식탁 주위에 앉습니다. 아버지는 방바닥에 책상다리를 하고 앉아 천으로 된 냅킨으로 무릎을 덮고 기도문을 읊습니다.

푸른색 아침 햇살이 격자 창문 사이로 짙어지며 우리의 방을 밝혀 줍니다. 주전자에서 차를 따르는 엄마의 얼굴을 바라봅니다. 잠을 자지 못해 얼굴이 누렇게 떠 있습니다. 울어서 눈은 충혈되고 눈두덩도 부어 있었습니다. 하지만 잠시 후면 명절을 맞아 우리 집을 들른 이웃 아주머니들에게 웃는 얼굴로 달콤한 말을 건넬 겁니다.

찻잔 안에 빵을 넣어 적십니다. 산 지 오래되어 딱딱해진 빵이 따스한 차로 부드러워지면 우리는 그 빵을 먹습니다. 아침 식탁에는 신선하지 못한 빵과 올리브도 가끔 올라옵니다.

우리는 대부분의 명절 아침을 항상 이렇게 보냈습니다.

아침까지 헌 옷으로 내 명절 옷을 짓는 어머니……. 다혈질이지만 세상에서 가장 마음씨가 좋은 아버지……. 울어서 눈두덩이 부어올랐지만 한 번도 누구에게 하소연한 적이 없는 어머니…….

　명절이 되면 모든 집은 명절 사탕을 삽니다. 그 당시 우리 집에서는 명절 사탕도 볼 수 없었습니다. 하지만 가끔 우리 집에 사탕 한 통을 들고 오는 손님은 있었습니다. 우리 식구는 손님이 가져온 사탕을 먹지 않고, 잠시 후 방문할 손님들 앞에 내놓을 겁니다.

저택에 사는 아이들

우리 집 맞은편 저택에는 아이들이 많이 살고 있습니다. 그 아이들의 웃음소리가 정원의 높은 담을 넘어 우리 골목에 퍼집니다. 그 높은 담 밖으로 정원에 심어진 자두, 뽕 그리고 배나무 가지들이 뻗어 나와 있습니다. 우리가 사는 골목의 가난한 아이들은 저택에서 밖으로 뻗어 나온 과일들을 서로 따려고 합니다.

나는 그 무렵 나가서 놀 수 없었습니다. 특히 거리에서 아이들과 노는 것은 완전히 금지되어 있었습니다. 나는 골목으로 나갑니다. 아주 멀리 갑니다. 하지만 놀기 위해서가 아니라 일 때문에 갑니다. 이렇게 해서 내 자신이 어른이 된 것 같은 느낌이 들기도 합니다. 그래서인지 저는 먼지 많은 거리에서 놀고 있는

그 아이들 틈에 끼고 싶은 생각이 전혀 들지 않았습니다. 하물며 같이 논다는 건 생각해 보지도 않았습니다.

나는 그저 우리 방 창문을 통해 아이들이 가지에 매달린 과일들을 어떻게 따는지 구경합니다. 아이들 중 가장 몸집이 큰 아이가 벽 밑에 엎드려 등을 대고 있습니다. 다른 아이 한 명이 그 아이의 등에 올라가 자기 위에 오를 아이에게 어깨를 빌려 주면 그 아이의 어깨에 다른 아이가 올라갑니다. 어깨에 올라탄 아이의 손이 주렁주렁 과일이 매달려 있는 가지에 닿습니다.

"정말로 내 대가리만큼 커."

"흔들어 임마, 흔들어!"

맨 위에 올라가 있는 아이가 가지를 흔듭니다. 탁탁탁, 잘 익은 뽕이 떨어지며 부드러운 흙먼지 속에 묻힙니다.

가지를 흔든 아이는 밑에서 뽕을 낚아채는 아이들에게 "내 것도 남겨 놓아야 해, 알았지!" 하며 소리칩니다.

서너 명으로 세워진 탑이 무너지면 모두들 흙먼지 속에 묻혀 있는 뽕을 집으려고 난리입니다.

나는 창문을 통해 아이들을 그저 바라만 봅니다. 같이 놀고 싶은 마음이나 부러워하는 마음은 없습니다. 놀이가 뭐 대순가!

저택에 사는 아이들의 웃음소리가 밖으로 넘쳐 나오고, 높은 담을 넘어 과일이 주렁주렁 달린 가지들이 넘쳐 나옵니다. 어떤 때는 초저녁 무렵쯤 해서 저택에 사는 아이들이 밖으로 나옵니다. 그들은 먼지 날리는 거리에서 놉니다. 저택 아이들이 무리를 지어 놀고 있을 때, 맞은편에서는 골목 아이들이 놀고 있습니다. 하지만 이 아이들이 함께 모여 놀지는 않습니다. 어린 시절조차 그들 사이에 있는 차이를 좁히지 못하고 있었습니다. 마치 두 그룹으로 나뉜 아이들 사이에 보이지 않는 커튼이 있는 듯했습니다. 그들 사이에는 단지 열 걸음 정도의 거리가 있었을 뿐인데 말이지요. 저택에 사는 아이들은 맨발로 서로 밀치고 당기며 노는 아이들을 모른 척 무시했습니다. 마치 그 아이들이 그곳에 없는 듯 고개를 돌려 쳐다보지도 않았습니다. 하지만 맞은편 골목의 가난한 아이들은 그렇지 않았습니다. 저택에 사는 아이들이 대문 앞에 모습을 드러내면 그 아이들 마음에 들게 하려고 허둥대기 시작합니다. 어떻게 설명을 할까요. 그러니까 무엇인가를 하면서 말입니다. 갑자기 행동이 변하고 다른 사람들이 됩니다. 창문으로 그 아이들을 보면 알 수 있습니다. 저택에 사는 아이들에게 자신들의 재주를 보여 주며 환심을 사려고 안간힘을 씁니다. 뛰고, 공중제비를 넘고, 먼지 구덩이 속에서 뒹굴면서 말이지요. 가끔 곁눈으로 저택 아이들을 주시하며 자기들한테 관심을 갖고 있는지 봅니다. 하지만 저택에 사는 아이들은 '전혀' 관심이 없습니다.

나는 그 마을 아이들도, 저택 아이들도 아닙니다. 중간에, 전혀 다른 곳에 있었습니다. 하지만 이 동네 아이들 편은 절대로 아닙니다. 그 아이들이 저택에 사는 아이들에게 잘 보이려고 애쓰는 게 역겹습니다. 더러운 아이들, 얼간이들!

저택에 사는 아이들은 다릅니다. 얼굴들이 모두 반짝거립니다. 입고 있던 옷도 그렇고요. 걷는 모습이나 웃는 모습도 아주 다릅니다.

나는 그 두 그룹 어디에도 속해 있지 않습니다.

우리 집은 동네에 있는 우물에서 물을 길어 먹었습니다. 우물은 집에서 아주 가깝습니다. 물장수가 식수를 비롯해 목욕과 빨래, 설거지를 위한 물을 가져다 주었습니다. 하지만 우리는 물장수에게 나가는 돈을 아끼기 위해 하루에 한 번 우물에서 물을 길어 왔습니다. 엄마는 초저녁에 우물가로 절 보냅니다. 그러니까 그 저택에 사는 아이들이 골목에서 노는 때에 말이지요.

이제 헐렁한 바지는 입지 않고 반바지를 입습니다.

나는 양동이를 들고 밖으로 나갑니다. 엄마는 내 등 뒤에서 소리칩니다.

"물을 양동이 가득 채우지 마라! 반도 채우지 말아야 한다, 알았지?"

대문을 열고 밖으로 나가면 한쪽에는 골목 아이들이, 다른 한쪽에는 저택에 사는 아이들이 있습니다. 나는 그 두 그룹 중 어디에도 속해 있지 않습니다. 손에 양동이를 든 것이 너무나 창피했습니다, 너무나……. 저택에 사는 아이들도, 맞은편에 사는 골목 아이들도 나처럼 물을 긷지 않습니다. 물을 긷는다는 게 양쪽 아이들 모두에게 창피했습니다. 골목 아이들과 저택 아이들은 서로 관심이 없지만 유독 내게만은 모두 관심을 보입니다. 그 두 그룹 아이들의 고개가 날 향하고, 내 손에 들려 있는 양동이를 쳐다봅니다. 그 아이들의 시선이 내게 쏠리자 나는 한없이 작아집니다. 내 손에 있던 양동이도 작아집니다. 그 양동이 뒤에서 나는 작아지고 작아져서 아예 사라져 버립니다.

우물까지 가는 길은 그리 멀지 않았습니다. 왼쪽으로 돌아 걸어가면 두 채의 집이 있고, 그 다음에는 오른쪽으로 돌아야 합니다. 왼쪽으로 돌면 그 모퉁이에 레시드 아주머니 집이 나옵니다. 레시드 아주머니의 남편인 이스마일 씨는 악사라이에 헬와 가게를 가지고 있습니다. 우리 골목에서 가장 부유한 사람이지요. 집만 봐도 알 수 있습니다. 대문으로 들어가려면 계단 세 개를 올라가야 하니까요. 레시드 아주머니에게는 사임이라는 아들이 있습니다. 당시 사임 형은 열다섯 살이었을 겁니다.

레시드 아주머니 집에서 오른쪽으로 돌아 몇 걸음만 더 가면 큰길이 나옵니다. 거기에 우물이 있습니다.

양동이에 물을 채우고는 단숨에 집으로 돌아옵니다. 골목에 사는 가난한 아이들은 저택에 사는 아이들의 얼굴을 똑바로 쳐다보지도 못합니다. 하지만 내가 반쯤 물이 찬 양동이를 한 손에 들고, 낑낑거리고 걸어가노라면 여지없이 날 놀려 댑니다. 골목 아이들은 쳐다보지도 않던 저택의 아이들도 일제히 나를 향해 고개를 돌리고는 웃습니다.

　나는 그 두 그룹 어디에도 속해 있지 않습니다. 나의 정해진 자리는 없었습니다. 저택 아이들이 웃어 댑니다. 골목 아이들도 날 놀려 댑니다. '아, 빨리 집에 도착한다면 얼마나 좋을까.' 빠른 걸음으로 걸어갑니다. 양동이가 더 무거워집니다. 바닥에 놓고 다른 손으로 바꿔 듭니다. 놀려 대는 말들과 웃음소리가 내게 쏟아집니다. 이러한 것을 엄마가 듣지 않았으면, 몰랐으면 합니다.

싸움 교육

저택에 사는 여자애 하나가 왜 그런지 몰라도 날 괴롭혔습니다. 키가 크고 삐쩍 마르고 나보다 나이가 훨씬 많은 여자애였습니다. 손에 빈 양동이를 들고 집을 나서면 어김없이 그 여자애가 내 뒤를 따라와서는 레시드 아주머니 집 앞에서 날 기다렸습니다. 그리고 내가 양동이에 물을 채우고 돌아오면 내 앞을 가로막고 날 때리기 시작했습니다. 그 여자애는 습관적으로 매일 저녁 이렇게 했습니다. 계속 날 괴롭혔지만 난 달아나지 못했습니다. 달아나는 건 부끄러운 일이기 때문입니다. 나는 그 여자애를 때리지 못합니다. 어떻게 때리겠습니까. 여자애의 머리는 깔끔하게 땋아 리본으로 묶여 있었습니다. 바지는 화려하고 말끔하게 다림질되어 있었고요. 칠피로 된 신발은 반짝반짝 빛이 났습니다. 이런 여자애를 어떻게 때릴 수가 있습니까. 난 손도 댈 수 없었습니다. 그 여자애가 날 계속 때립니다. 여자애의 얼굴을 쳐다봅니다. 아닙니다, 그 얼굴을 어떻게 때릴 수 있습니까. 반짝이는 깨끗한 얼굴……. 때릴 수 없습니다. 도무지 손댈 수가 없습니다. 그 여자애가 날 때릴수록 난 마치 버릇 없는 아이에게 훈계라도 하듯 "하지 마, 하지 말라고!"라며 반복해서 말할 뿐입니다.

그러고는 양동이를 방패 삼아 여자애가 날 더 이상 때리지 못하게 합니다.

어느 날 저녁 그 여자애가 내 앞을 또 가로막더니 날 때리기 시작했습니다. 나는 여느 때처럼 "하지 마, 하지 말라니까!"라는 말만 늘어놓고 있는데, 레시드 아주머니 집 대문이 열리면서 사임 형이 나왔습니다. 형을 보자 부끄러웠습니다. 아주 부끄러웠습니다. 형이 내가 맞고 있는 것을 봤을 거라는 생각에……. 사임 형이 그 여자애를 밀치자 여자애는 도망쳤습니다. 그리고 사임 형이 내게 말했습니다.

"부끄럽지도 않냐? 여자애한테 맞고 다니다니……."

"아니야, 난 맞지 않았어."

"그럼 뭐 하고 있었냐? 매일 저녁 담장 사이로 널 보고 있었어. 그 여자애가 널 계속 때리고 있던걸. 너는 '하지 마, 하지 말란 말이야' 라는 말만 하고 있고."

"아니라니까!" 나는 고집을 피웠습니다.

"잘도 맞고 있던걸."

"아니라고 하잖아. 맞은 사람은 울잖아, 내가 우는 거 본 적 있어?"

"부끄러운 일이야, 정말. 남자는 여자한테 맞고 다니지 않아. 넌 왜 그 애를 가만 놔두니? 손이 묶여 있냐?"

"하지만 나보다 크잖아."

"너보다 크면 어때? 남자는 여자보다 나이가 어려도 여자한테 절대 맞고 다니지 않아, 알겠어? 자, 다음부턴 어떻게 해야 하는지 가르쳐 줄게."

스무 살 때 결핵으로 죽은 사임 형은 내게 처음으로 싸움이 뭔지 가르쳐 준 사람입니다.

"네가 먼저 싸움을 걸면 안 돼. 하지만 상대방이 싸움을 걸어오면 첫 번째 주먹은 반드시 네가 날려야 돼. 상대가 너보다 커도 먼저 주먹을 날리기만 하면 그 싸움은 이긴 거나 마찬가지야. 먼저 주먹을 날린 후 상대방이 정신을 차리기도 전에 계속 때려야 해. 그런데 저 여자애처럼 너보다 커서 때릴 수 없다면 발끝으로 상대방 무릎을 치는 거야."

난 너무나 부끄러워 그 형이 말하는 것을 듣지도 못했습니다. 양동이의 나무 손잡이를 얼른 쥐고 걸어갔습니다. 양동이에서 넘쳐흐르는 물로 옷이 다 젖었습니다.

며칠 동안 그 여자애는 보이지 않았습니다. 그러니까 더 이상 내 앞을 가로막지 않았습니다. 하지만 저택에 사는 아이들 틈에 끼어 골목 아이들과 함께 날 놀려 댔습니다. 그런데 어느 날 저녁 다시 내 앞에 나타나 날 때리기 시작했습니다. 나는 손에 들고 있던 양동이를 땅에 내려놓았습니다.

"때리지 마."

하지만 그 여자애는 날 계속 때렸습니다.

"때리지 말라니까!"

그래도 날 때립니다.

나는 곁눈질로 라시드 아주머니 집 담장 쪽을 보며 사임 형이 날 보고 있나 하고 쳐다보았습니다.

"때리지 말라고 했잖아!"

그래도 때립니다.

"나중에 나한테 혼나."

그래도 때립니다.

그 여자애의 모습은 지금도 눈에 선합니다. 단추 하나가 달린 검은색 칠피 구두, 발목이 짧은 하얀 양말. 이렇게 잘 차려입은 여자애를 어떻게 때릴 수 있겠습니까? 층층으로 된 군청색 치마를 입고 있었습니다. 때릴 수 없습니다. 머리에는 하얀 리본이 달려 있습니다. 어떻게 때릴 수 있습니까? 깨끗하게 씻어 반짝이는 얼굴. 도저히 때릴 수가 없습니다.

"나중에 어떻게 돼도 난 몰라."

그래도 계속 날 때립니다.

"그럼, 나도 널 때릴 거야."

이 말을 들은 여자애는 잠시 때리는 걸 멈추더니 웃기 시작했습니다. 그 여자애가 웃자 난 몹시 기분이 상했습니다. 너무도 화가 나 나는 내 앞에 놓여 있던 양동이를 걸어찼습니다. 그 여자애를 때릴 수도, 다른 어떤 것도 할 수가 없었습니다. 발로 찼던 양동이에서 그 여자애에게 물이 튀었습니다.

"엄마, 엄마아아아!"

여자애는 소리치기 시작했습니다.

첫 번째 싸움이 시작되다

저택에 사는 아이들이 그 여자애의 목소리를 듣고는 달려왔습니다. 바로 뒤를 이어 골목에 있던 아이들도 뒤쫓았습니다. 그들은 나를 빙 둘러쌌습니다. 양동이를 든 나를 가운데 두고 내 오른쪽에는 가난한 아이들이, 왼쪽에는 저택에 사는 아이들이 있었습니다. 나는 순간 레시드 아주머니 집의 창문을 우두커니 바라보았습니다. 내게 있어 그 어떤 희망이나 탈출구는 없었습니다.

'담장 뒤에서 사임 형이 와서 날 구해 준다면 얼마나 좋을까.'

저택에 사는 아이들 중 한 사내아이가—그들 중 가장 크고 나보다 한두 살 많았습니다—나를 향해 걸어왔습니다.

"부끄럽지도 않아? 여자애를 때리다니."

"난 때린 적 없어."

나는 양동이의 나무 손잡이를 잡았습니다. 머릿속에 아무 생각도 떠오르지 않아 여차하면 양동이를 들고 그 자리를 뜰 생각이었습니다. 그 큰 사내아이는 내가 들고 있던 양동이를 발로 차고는 씩씩거리며 내게 덤볐습니다.

"남자라면 날 한번 때려 보지 그래!"

골목 아이들도 양동이에 돌을 던지기 시작했습니다.

양동이는 여전히 제 오른손에 들려 있습니다. '사임 형이 뭐라고 했더라……. 내가 먼저 싸움을 걸면 안 된다고 했지. 하지만 누군가가 싸움을 걸어 오면, 나보다 덩치가 크더라도 먼저 주먹을 날려야 한다고 했어. 오른손에는 양동이가 들려 있는데…….' 먼저 눈치채지 않게 사내아이의 얼굴을 바라봅니다.

가난한 골목 아이들도 저택에 사는 아이들도 아무 말 없이 서 있었습니다. 그들은 조금씩 더 좁혀 들어왔습니다.

양동이를 바닥에 내려 놓는 동시에 맞은편에 있는 사내아이의 얼굴에 주먹을 날렸습니다.

"악!"

사내아이는 두 손으로 얼굴을 감쌌습니다. '사임 형이 뭐라고 했었지? 먼저 주먹을 날린 후에 바로 연달아 주먹을 날리라고 했었지. 그래.' 탁, 탁, 탁……. 사내아이는 내 손에서 벗어나지 못할 거라는 걸 알았는지 방어하기 시작했습니다. 바닥에서 뒹굴고 고함 소리가 났습니다. 저택에 사는 아이들 중 한 명이 지른 비명이었습니다. 난 사내아이를 깔고 앉았습니다. '더 이상 때릴 필요가 없겠군. 얘는 힘이 없어.' 나는 일어서서 양동이의 손잡이를 잡았습니다. 내가 걸어가자 아이들은 양쪽으로 갈라서 길을 내주었습니다.

저택에 사는 아이들이 앞장서고, 골목 아이들이 맞은 아이를 부축하여 데리고 갑니다. 나는 또 외톨이입니다. 두들겨 맞아도 외톨이, 때려도 외톨이…….

집으로 들어서자 난리가 났습니다. 아이들의 비명 소리를 들은 엄마가 창문으로 그곳에서 일어났던 일을 다 보았던 것입니다.

엄마는 "다시 한 번 그런 일이 있으면 가만 안 둬."라고 신신당부하셨습니다.

"네가 동네 깡패니? 왜 싸움질을 하고 다녀? 날 곤경에 빠트리려고 그래?"

양동이에 반쯤 채운 물도 절반 이상이 없어지고 말았습니다. 나는 양동이를 현관에 내려 놓고 화장실로 달려갔습니다. 오로지 그곳에서만 아무도 모르게 울 수 있기 때문입니다. 나는 속으로 '그럼 어떡해, 엄마. 내가 먼저 그런 게 아니란 말이야, 엄마…….' 하며 울음을 터트렸습니다.

엄마는 바깥에서 소리칩니다.

"내가 모르는 여자와 말다툼이라도 해야겠니? 다시 한 번 그러기만 해 봐!"

나는 실컷 울고 난 후 얼굴을 닦고 방 안으로 쭈뼛거리며 들어갑니다. 그리고 코란을 펼쳐 들고는 책상다리를 하고 앉아 머리를 앞뒤로 흔들며 코란을 읽습니다.

이 사건이 있던 날 밤 엄마와 아버지는 침대에서 잡은 빈대를 램프 안에 넣습니다. 아버지가 말합니다.

"저 사람 상태가 아주 안 좋은데……. 신음소리가 이번에는 아주 다른걸."

나는 반쯤 잠에 취해 아래층에 사는 아저씨의 신음소리와 코고는 소리를 듣습니다.

엄마는 "아니에요. 매일 밤 똑같은데요, 뭐."라고 말합니다.

"아니야, 아니야. 이번은 다른걸. 오늘 밤은 달라. 난 죽어 가는 사람 옆에 많이 있어 봐서 알아. 유배 생활 도중 내 친구들이 많이 죽었지. 전쟁에서 많은 친구들이 죽었어. 안다고. 죽어 가는 사람의 신음소리는 달라. 이건 죽음이 가까워졌다는 신호야. 당신, 끈끈이 풀을 많이 깔아 두지 않았나 보군. 빈대들이 돌아다니는 걸 보니."

"얼마나 많이 깔아 놓았는데요. 사방에 깔았어요. 아들이 오늘 저녁 한 아름 가지고 왔다고요."

아침이 됩니다. 아래층에서 신음소리가 나지 않습니다. 코 고는 소리도, 기침 소리도……. 이제는 그 소리를 들을 수 없을 겁니다. 늙은 거지 아저씨는 돌아가셨다고 합니다. 아침 기도를 올린 아버지는 오랫동안 병석에 누워 있던 늙은 거지 아저씨의 영혼을 위해 코란을 읽습니다.

가난한 사람들의 인생은 오로지 한 번 쉽습니다. 그것도 죽은 후에 말이지요. 장례식은 바로 치러집니다. 그것도 아주 빨리……. 그날은 그렇게 지나갔습니다.

저녁 때 엄마는 우물에서 물을 길어 오라고 말씀하셨습니다.

양동이를 들고 골목으로 나갔습니다. 저택에 사는 아이들이 맞은편에서 놀고 있고 동네 아이들은 오른쪽에서 놀고 있습니다. 그 누구도 뒤돌아서 나를 쳐다보지 않습니다. 시비도 걸지 않고 놀리지도 않습니다. 나도 그들에게 눈길조차 주지 않습니다. 하지만 그들이 몰래몰래 날 쳐다본다는 걸 느낍니다. 그들은 다시는 저를 놀리지 않을 겁니다.

빈 양동이를 흔들면서 우물로 갑니다. '난 컸어. 난 다 컸다고…….' 손에 들고 있던 양동이가 작아집니다. 아주 작아집니다. 나는 커집니다. 커집니다. 커다란 양동이는 땅콩처럼 작아집니다.

'사임 형이 날 봤을까. 그 사내아이를 어떻게 때렸는지. 안 봤을 거야. 봤다면 날 도와주러 왔겠지.'

며칠이 지나 사임 형을 만났습니다. 형은 그 싸움에 대해 아무 말도 하지 않았습니다. 나는 참을 수가 없었습니다.

"사임 형, 내가 때렸어. 알고 있어? 그것도 여자애가 아니라 남자애를⋯⋯. 나보다 더 큰⋯⋯."

"담장 사이로 너를 지켜봤어. 잘했어. 그렇게 하는 거야."

이 말을 듣고는 마음이 착잡했습니다.

내 모든 삶은 이러했습니다. 내게 싸움하는 것을 가르쳐 준 사람이나 충고를 해 준 사람들은, 우리가 싸움을 하기 시작하면 뒤에서 구경만 하고 있었습니다. 어떤 사람들은 구경조차 하지 않았습니다.

나의 짝박이

어느 날 닭 한 마리가 대문 앞 작은 공터에서 이쪽저쪽으로 뛰어다니며 도망칠 곳을 찾아 꼬꼬댁거리고 있었습니다. 나는 그 공터에서 여태까지 닭을 본 적이 없었습니다. 다른 동네에 살던 닭이 길을 잃고 이곳까지 온 게 분명합니다. 나는 대문을 활짝 열고는 닭을 몰아 우리 정원으로 들여보냈습니다. 실은 내가 한 짓은 닭을 갖고 싶었던 약은 속셈에서 비롯된 것이었습니다.

닭을 정원으로 몰아넣은 후 엄마에게 길거리에서 닭을 발견했다고 말했습니다. 엄마는 누구네 닭인지 물었습니다. 그 닭은 주인이 없었습니다. 주인 없는 닭이 있을 수 있냐고 하셨습니다. 있을 수도 있지요, 뭐! 나는 내게도 닭이 있었으면 했습니다. 엄마는 계속해서 닭을 풀어 주라고 말했습니다. 나는 주인 없는 닭이라고 우겼습니다. 빵을 넣어 놓는 통에서 빵을 꺼내 잘게 부셔서는 닭 앞에 던져 놓습니다. 닭은 눈치를 보며 빵을 먹습니다. 양철통에 물을 담아 정원에 놓았습니다. 닭이 물을 한 모금 마시고 하늘을 쳐다볼 때마다 나는 기뻐서 펄펄 뛰었습니다. 회색 바탕에 하얀 점들이 곳곳에 있습니다.

나는 즉시 이름을 지었습니다.

"엄마, 점박이가 빵을 먹어."

"엄마, 점박이가 물을 마셔."

"엄마, 점박이가 날 피하지 않아. 내게 익숙해졌나 봐."

엄마는 매번 닭을 놓아주라고 말합니다. 나는 사실 그 닭이 이웃 누군가의 닭이라는 것을 알고 있습니다. 하지만 그 사실을 확인하고 싶지 않았습니다. 주인이 오면 어쩌지 하고 속으로 두려워합니다.

저녁 어스름 무렵 점박이는 정원에 있는 나무 위에 올라가 앉습니다.

아버지는 빵을 수건으로 싼 꾸러미를 들고 옵니다. 나는 주춤거리며 공터에서 닭을 발견했다고 말합니다. 아버지는 엄마보다는 조금 더 관대하게 말합니다. 엄마는 여전히 닭을 풀어 주라고 말합니다. 하지만 또 길을 잃을 텐데, 가엾지 않나, 주인도

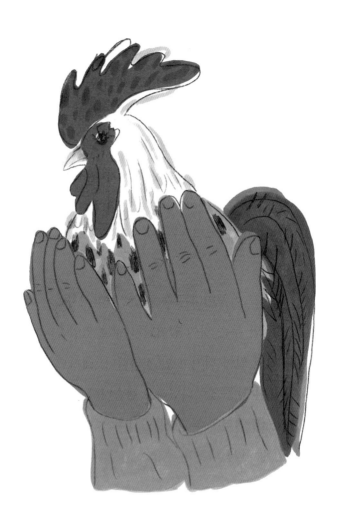

없는데……. 또 주인 없는 닭이 어디 있냐고 하십니다. 길거리에 사는 고양이도 아니고, 빨리 닭을 놓아주라고 합니다. 아니면 당신이 닭을 그냥 길거리에 내다 놓을 거라고 하시면서요. 하지만 다른 사람이 잡아먹기라도 하면 어쩌지…….

꿈에서까지 점박이에 대한 논쟁을 계속합니다.

다음 날 레시드 아주머니가 우리 집을 찾았습니다. 사임형의 어머니이자 악사라이에 헬와 가게를 가지고 있는 이스마일 씨의 부인입니다. 이 이스마일 씨의 눈꺼풀은 약간 뒤집어져 있어, 눈꺼풀 속의 빨간 속살이 보입니다. 그는 화가 나면 사람들에게 "신의 노예!"라고 소리칩니다. 욕하는 것은 부끄러운 짓입니다. 욕을 해서 죄를 짓지 않기 위해 누군가에게 화가 나면 "야, 이 신의 노예야!"라고 말합니다.

그래서 사람들은 그를 가리켜 신의 노예 이스마일 씨라고 부릅니다.

레시드 아주머니는 대문으로 들어서자마자 바로 닭을 알아봅니다. 난 무슨 일이 일어날지 알고 있었습니다. 제가 두려워하고 있던 일이 터지고 만 것입니다. 레시드 아주머니는 어제 하루 종일 닭을 찾아다녔다고 했습니다. 하지만 실망이 역력히 드러난 내 얼굴을 본 레시드 아주머니는 "그래, 너 가져라."라고 말했습니다.

나는 집 한 채를 받은 것처럼 기뻤습니다. 아니, 세상 전부를 얻은 것 같았습니다. 나중에 아버지는 점박이 친구로 닭 한 마리를 더 사 오셨습니다. 그날 이후로 우리 집에는 항상 닭이 있습니다.

나는 기계를 좋아하지 않습니다. 좋아하질 못했습니다. 우리는 후진 사회가 무슨 의미인지 잘 알지 못합니다. 후진 사회의 인간은 나중에 정신적으로 진보적이 되더라도 기계를 좋아하지 못합니다. 왜냐하면 산업화되지 않은 사회의 어린이들이었던 우리는 태어날 때부터 장난감이나 삶에 필요한 도구인 기계와 더불어 섞여 살지 못했기 때문입니다.

나는 동물을 사랑합니다. 나의 닭들은 갈수록 많아질 겁니다. 몇 년이 지나고 헤이벨리 섬으로 이사를 가게 되면 달걀을 팔아서 돈을 벌 겁니다. 닭을 팔아서 양도 살 거고요. 양도 불어날 겁니다. 고등학교에 가서 방학이 되면 양치기를 할 겁니다. 그리고 양이 많아지면 아버지는 이 양들을 팔아 그 돈으로 우리 집을 살 겁니다.

귤류 고모

고모가 한 명 있습니다. 이름은 귤류로 다섯 형제 중 막내입니다. 우리 아버지는 귤류 고모 바로 위의 오빠입니다.

귤류 고모가 이스탄불에 왔다고 해서 엄마와 난 고모 집을 찾았습니다. 고모는 운카파느와 예실투룸바 동네 사이에 있는 작은 단층집에 살고 있습니다. 나는 쭈뼛거리며 귤류 고모를 쳐다봅니다. '그러니까 저 아주머니가 아버지의 여동생이구나.' 고모는 그 무더운 여름날 겹겹이 옷을 겹쳐 입고 있습니다. 끝자락이 땅에 질질 끌리는 헐렁한 바지를 입고 있습니다. 빨간색 두꺼운 면으로 된 헐렁한 바지. 바탕에는 형형색색의 장미 무늬가 있습니다. 귤류 고모의 장미 무늬가 있는 헐렁한 바지……

굘류 고모는 정말 시골 사람입니다. 저는 은근히 고모보다 내가 더 우월하다고 느낍니다. 우리는 이스탄불 사람이니까요.

엄마는 굘류 고모의 손에 꽃물을 들입니다. 우리 엄마는 모르는 게 없습니다.

굘류 고모와 얽힌 추억이 하나 있습니다. 고모 집의 작은 꽃밭에서 가게 놀이를 했었습니다. 나는 그 놀이를 좋아해 고모 집에 가면 조용히 꽃밭으로 들어갑니다. 아무도 없는 그 꽃밭에서 혼자 가게 놀이를 합니다. 다른 사람이 있을 때는 놀지 않습니다. 나를 어린아이라 할 테니까요. 기와를 진열합니다. 기와 조각 안에 흙, 벽돌 조각, 자갈들을 넣습니다. 이것들은 콩류와 쌀입니다. 막대기 양쪽에 종이를 매답니다. 이것은 저울입니다. 그러고는 내가 손님이 되어 쌀 1옥카(1옥카는 1,283그램—옮긴이)를 달라고 합니다. 이번에는 가게 주인이 되어 쌀을 저울에 올려놓고 잽니다.

나는 손님도 되고 주인도 됩니다. 손님과 주인은 흥정을 합니다. 작은 소리로 말을 하기도 합니다.

나는 죄책감을 느끼며 몰래 가게 놀이를 합니다. 아버지가 만약 이 일을 안다면 부끄러운 짓이라고 날 혼내실 겁니다. 눈썹을 치켜뜨며 "네가 어린애냐? 공부나 해라!" 혹은 "코란을 처음부터 끝까지 읽어라."라고 말하실 겁니다.

나는 아홉 살입니다. 나 자신이 더 이상 어린애가 아니라고 스스로를 세뇌시켰습니다. 그래서 귤류 고모 집에서 죄책감을 느끼며 몰래 가게 놀이를 합니다.

귤류 고모는 이스탄불에만 머물러 있지 않고, 시골에도 왔다 갔다 합니다.

고기

우리 집 식탁에는 고기 음식이 올라오는 날이 거의 없었습니다. 고기가 들어간 음식이나 고기를 먹는 일은 우리 집에서는 아주 대단한 축제였습니다. 의사들이 엄마가 고기를 많이 먹어야 한다고 권유를 했는데도 말입니다. 갖가지 병을 앓고, 병원에 수차례 입원한 후에야 엄마가 결핵이라는 게 판명되었습니다. 영양이 풍부한 음식을 드셔야 했습니다.

발그스레했던 엄마의 분홍빛 뺨은 갈수록 더 불꽃처럼 붉어지고, 검은 눈동자는 더욱더 짙어지며 반짝였습니다. 이웃 아주머니들이 속삭이며 말했지만 난 모든 것을 느끼고 이해했습니다. 결핵이 진행될수록 환자의 얼굴은 심하게 붉어지고 눈은 반

짝인다고 합니다. 엄마가 이전에 다른 병을 앓고 있을 땐 기력
이 쇠약해지면서 얼굴은 창백해지곤 했는데 말입니다.

　어디에서인지는 모르지만, 우리 집에 무상으로 고기를 주었
습니다. 아마 결핵퇴치단체였던 것 같습니다. 어쩌면 보건부 혹
은 시 당국일지도 모르지요. 아버지는 그곳에서 도장이 찍힌 서
류 하나를 가지고 오셨습니다. 그 서류를 쳄베르리타 시(지금은
철거되고 없습니다)에 있는 어떤 정육점으로 가지고 가면, 정육점
주인은 우리에게 돈을 받지 않고 일주일에 500그램의 고기를
주곤 했습니다.

　가끔 아버지와 함께 정육점을 찾았습니다. 그러면 정육점 주
인이 묻곤 했습니다.

　"어떤 고기를 줄까요?"

　아버지는 항상 "뼈에 살이 붙어 있는 고기"라고 말씀하셨습
니다.

　지금은 이 뼈에 살이 붙어 있는 고기라는 말도 들을 수가 없
게 되었습니다.

　우리에게 일주일에 500그램의 고기는 엄마를 회복시킬 약이
었습니다. 이 고기, 더 정확히 말하면 이 약을 엄마 혼자 드시는
게 당신에게 얼마나 고문이었는지 난 아주 잘 알고 있었습니다.
그 고문이 얼마나 심했던지, 그 500그램 고기를 먹는 것으로 얼

는 것이 있었다면, 그보다 더 많은 것을 잃고 있었습니다.

말하는 것을 듣는 것과 경험하는 것은 아주 다른 것입니다. 내가 내 자식들에게 골고루 음식을 섭취해야 한다며 억지로 고기를 먹일 때면 항상 그때가 떠오릅니다.

나는 고기를 요리할 때 집에 있지 않으려고 했습니다. 정말로 고기 음식을 별로 좋아하지 않았습니다. 하지만 내가 없으면 아무 음식도 넘기지 못하셨던 엄마는 고기를 조금 남겨 두고는 무슨 일이 있어도 내게 그 고기를 먹이려고 안간힘을 썼습니다.

고양이 테키르

　우리 집에는 테키르라는 이름의 검은색 얼룩고양이가 있었습니다. 테키르는 새끼를 낳았고 그중 한 마리만 남게 되었습니다. 새끼 고양이의 이름은 사르만이었습니다.

　테키르는 집에서 절대 도둑질을 하지 않았습니다. 먹으라고 음식을 내놓지 않으면 배가 고파도 훔쳐 먹지 않고 굶었습니다. 에민 아주머니와 우리가 쓰는 찬장은 현관에 있었습니다. 테키르는 찬장에 있는 음식들을 만지지도 않았습니다. 가련한 테키르는 예전에 얼마나 매를 맞았는지 이렇게 길이 잘 들어 있었습니다. 하지만 테키르의 새끼인 사르만은 엄마를 전혀 닮지 않은 도둑고양이였습니다.

어느 날 테키르가 입에 커다란 고기를 물고 집에 들어왔습니다. 입에 물고 있던 그 고기 덩어리가 얼마나 컸던지 낑낑대며 겨우 계단을 올라왔습니다. 엄마, 나, 에민 아주머니 이렇게 우리 세 사람은 현관에 서서 놀란 표정으로 테키르를 바라보았습니다. 테키르는 입에 그 커다란 고기 덩어리를 문 채 현관에 멈춰 서서 사방을 둘러보더니 고기를 바닥에 놓고 야옹거렸습니다. 엄마의 야옹거리는 소리를 들은 사르만이 달려와 엄마 앞에 있는 고기에 달려들었습니다. 테키르는 바닥에 놓인 고기를 낚아채더니 자신이 항상 먹는 고양이 밥그릇에 갖다 넣었습니다. 사르만은 고기로 달려들어 뜯어먹기 시작했습니다. 새끼가 고기를 먹을 때 테키르는 바닥에 누워 흡족한 표정으로 자신의 몸을 핥았습니다.

엄마는 갑자기 현관에서 방으로 들어갔습니다. 엄마가 왜 방으로 들어가셨는지 나는 압니다.

우리 앞에 놓인 고기는 사르만보다 더 컸습니다. 일곱 명이 먹을 수 있는 분량이었으니까요.

그날 이후로 테키르는 자주 입에 고기를 물고 집에 돌아왔습니다. 테키르가 날라오는 고기는 엄마에게 지급되는 고기보다 더 많았습니다.

집 안의 그 어떤 먹을 것에도 손을 대지 않던 테키르는 사실

아주 큰 도둑이었던 것입니다. 어디에서 훔쳐 오는지 매번 신선한 고기 덩어리를 훔쳐다 새끼에게 가져다 주었습니다.

하루는 엄마가 석탄 화로에서 음식을 요리하고 있을 때였습니다. 화로에 고기를 구우면 냄새가 사방으로 퍼졌기 때문에 가급적이면 세 들어 사는 다른 사람들이 집에 없을 때 고기를 굽곤 했습니다. 왜냐하면 요리할 때 고기의 그 입맛 돋우는 냄새가 퍼지지 않아야 하기 때문입니다. 우리 이웃들의 상황은 우리보다 더 좋지 않았으니까요.

엄마는 위층에 아무도 없는 틈을 타 화로 위에 고기를 구웠습니다. 내게도 한쪽을 주었습니다.

나는 "먹기 싫어요."라고 말합니다.

엄마가 억지로 내게 고기를 먹이려고 하고 있는데 테키르가 또 입에 커다란 고기 덩어리를 물고 계단을 올라와 야옹거리며 사르만을 부릅니다.

엄마는 "연기가 꽉 찼구나. 창문 좀 열렴. 눈에 연기가 들어갔나 보다." 하시며 머리에 쓴 수건 끝자락으로 눈물을 훔쳤습니다.

하루는 식탁에서 식사를 하고 있을 때였습니다. 식탁보 위에 꽃무늬가 있는 푸른색 널찍한 쟁반을 올려 놓고 그 주위에 앉아 음식을 먹고 있었지요. 테키르는 여느 때와 마찬가지로 엄마와

나 사이를 비집고 들어와 식탁보 위에 드러누웠습니다. 잠시 후 새끼인 사르만도 내 곁에 오더니 쟁반 위에 놓여 있던 빵에 발을 내밀었습니다. 테키르, 그 고약한 고기 도둑 테키르는 마치 엄마가 개구쟁이 아이를 혼내기라도 하듯 한 발로 사르만의 머리를 톡톡 때리더니 사르만을 식탁 밑으로 끌어내렸습니다. 우리 모두는 너무도 놀라 어안이 벙벙해졌습니다.

테키르는 시간이 흘러 더 이상 우리 집에서 보이지 않게 되었습니다. 어쩌면 고기를 훔치곤 했던 곳에서 누군가 테키르를 죽였는지도 모르겠습니다.

제캬이 씨는 공화국

"네가 알고 있는 사람 중에서 가장 위대한 사람이 누구냐?"라고 묻는다면 나는 바로 "제캬이 씨"라고 할 겁니다. 제캬이 씨는 우리 3학년을 가르치는 선생님입니다. 왜 그가 위대한 사람이냐고요? 그 이유는 정확히 모르겠습니다. 어쩌면 청결하고 옷을 아주 잘 입기 때문일 겁니다. 선생님은 매일 아침 말끔히 면도를 하시고 교실에 들어옵니다. 수염이 조금이라도 자란 것을 한 번도 본 적이 없습니다. 그리고 색깔 있는 셔츠를 절대 입지 않습니다. 옷깃은 눈이 부시게 새하얗고 넥타이는 한 치도 비뚤어져 있지 않습니다. 바지는 칼날처럼 반듯이 다려져 있습니다. 신발은 항상 반짝반짝 닦여 있습니다. 머리칼은 항상 뒤로 넘겨져 있고, 깔끔하게 기름이 발라져 있습니다. 치아도 아주 새하얗고 깨끗합니다.

나는 지금까지 그런 남자를 한 번도 본 적이 없습니다.

'한 달에 월급을 얼마나 받길래 저렇게 가꿀 수 있을까?' 라고 속으로 생각했습니다. 내가 생각하기에 월급을 많이 받지 않는다면 저렇게 말끔하게 차려 입을 수가 없을 것 같았습니다.

선생님은 항상 우리에게 "낡고 기운 옷을 입는 것은 부끄러운 게 아니다. 하지만 찢어지고 더럽게 때가 묻은 옷을 입는 건 부끄러운 것이다."라고 말씀하셨습니다.

나는 이 말을 가장 좋아합니다. 왜냐하면 제 사정과 딱 맞아떨어졌으니까요. 나는 오래되고 낡고 기운 옷을 입습니다. 하지만 때가 탔거나 찢어진 것은 아닙니다. 엄마는 한 번도 제게 찢어지고 더럽혀진 옷을 입힌 적이 없습니다.

그 당시 가장 많이 언급되는 단어는 '공화국'이었습니다. 공화국이라는 말만 나오면 내 눈앞에는 바로 제캬이 씨가 떠오릅니다. 내 생각에 공화국은 바로 이 제캬이 씨였습니다. 공화국이 살이 찌고 뼈가 붙고 살아나서 제캬이 씨가 된 것 같았습니다. 나는 공화국을 아주 사랑합니다. 제캬이 씨도 아주 사랑합니다.

내가 왜 좋아하냐고요? 어쩌면 아버지가 공화국을 사랑하지 않기 때문인지도 모릅니다.

술탄 압둘하미트(오스만제국의 마지막 술탄―옮긴이)를 추앙했던 아버지는 그의 이름을 언급할 때면 언제나 '천국에서 고이 잠드시길'로 시작합니다. 우리 가족을 내팽개친 채 자원하여 독립전쟁에 참가한 아버지는 공화국을 전혀 사랑하지 않았습니다. 공화국에 대한 적의는 날이 갈수록 더해졌습니다. 어쩌면 난 아버지가 좋아하지 않기 때문에 공화국을 아주 좋아하는지도 모릅니다. 공화국이 무엇인지도 모르면서 말입니다. 하지만 나는 아버지도 아주 사랑합니다. 아버지도 나처럼 공화국을 좋아해 주면 얼마나 좋을까요? 내가 아는 유일한 것이 있습니다. 공화국이 없었더라면 내가 이 국립학교에 다닐 수 없었다는 거지요. 그 정도는 알고 있습니다.

제캬이 씨는 항상 손에 자를 들고 교실을 돌아다닙니다. 말썽을 피우거나 공부를 못하는 학생이 있으면 "손바닥 펴!"라고 말씀하십니다.

자로 손바닥을 때립니다. 어떤 때는 자를 모로 세워 때리기도 합니다. 손바닥을 호되게 맞은 학생은 "악!" 하고 소리치며 몸을 도사립니다.

어쩌면 나는 제캬이 씨가 학교에서 자를 들고 돌아다니기 때문에 좋아하는지도 모릅니다. 나는 한 번도 맞은 적이 없습니다. 아이들 모두 제캬이 씨에 대해 경외심을 갖고 있습니다.

제캬이 씨의 눈은 약간 불편합니다. 충혈된 눈에 약간 눈곱이 끼어 있었습니다. 제캬이 씨를 얼마나 좋아했던지 나는 그 눈곱마저도 좋았습니다. 크면 내 눈도 제캬이 씨 눈처럼 되면 좋겠습니다.

제캬이 씨는 미혼입니다. 결혼에 별로 마음이 없는 것 같았습니다. 그가 결혼하기로 마음만 먹으면 모든 처녀들이 서로 달려들 겁니다. 그는 어머니와 함께 2층짜리 목조 건물에서 삽니다. 제캬이 씨의 집 앞을 지날 때 그쪽으로 고개를 돌리지 못할 정도로 나는 그를 존경합니다.

식탁보를 털다가

나는 어린 시절에 친구도 없었고 장난감도 없었습니다. 그래서 친구들과의 놀이는 꿈도 꿀 수 없었습니다. 항상 어른들 사이에 있었습니다. 이 일은 아마도 내가 속으로는 또래들과의 놀이를 그리워했던 탓에 일어난 것 같습니다.

식사를 마치고 앉은뱅이 밥상을 치운 후 식탁보를 터는 일은 나의 임무입니다.

아침을 먹고 엄마는 밥상을 치우셨습니다. 나는 식탁보를 들고 계단을 내려와 대문을 열었습니다. 식탁보를 털고 다시 위로 올라가야 합니다.

그런데 식탁보를 털지 못했습니다. 대문 문턱에서 망연히 서

있게 되었던 것입니다. 내 또래의 아이들이 무리 지어 소리를 지르며 놀고 있었습니다. 우리 동네 아이들이 틀림없었지만 내가 아는 아이는 한 명도 없었습니다. 혼자서 문 밖으로 나간 적이 없기 때문입니다. 최면이라는 게 이런 것인가 봅니다. 나는 식탁보를 손에 쥔 채 넋을 잃고 대문 문턱에 서서 아이들을 구경했습니다. 얼마 동안 그렇게 넋을 잃고 서 있었을까요? 후에 나도 모르게 그 아이들 사이에 있는 내 자신을 발견하게 되었습니다. 보이지 않는 어떤 손이 그 아이들 틈으로 날 이끈 것 같았습니다. 식탁보를 문턱에 어떻고 두고 왔으며 어떻게 걸어서 그 아이들 틈에 끼었는지, 어떻게 그 아이들과 친구가 되었는지 정말 아무것도 모르겠습니다.

그날은 내 어린 시절에서 가장 행복했던, 아니 유일하게 행복했던 날이었습니다. 나 말고 다른 아이들은 모두 제대로 된 바지와 신발이 있었습니다. 아이들 중 헐렁한 바지와 나막신을 신은 남자아이는 저밖에 없었습니다. 식탁보, 집, 엄마, 아버지, 나는 그 모든 것을 잊었습니다. 마치 내가 그 순간 갑자기 세상에 떨어진 것 같았습니다.

우리는 볼링 놀이를 했습니다. 그러니까 깡통을 가운데 놓고 그 주위에 동그라미를 그린 후 돌을 던지는 놀이 말입니다. 술래잡기 놀이도 했습니다. 그러다 우린 멀리 떨어진 다른 골목으

로 자리를 옮겨 카드놀이도 했습니다. 그 당시 담배 종이는 전매청 것이 아니었습니다. 공책 형태로 된 담배 종이를 팔았기 때문에 시중에는 아주 다양한 담배 종이가 있었습니다. 아이들은 그 담배 종이를 넣는 곽으로 놀이를 했던 것입니다. 내가 어떻게 해서 이 놀이에 동참했는지 알 수가 없습니다. 하지만 나도 그 담배 종이 곽들 중 몇 개를 모을 수 있었습니다. 그것들 중 가장 귀한 것은 '키바르 알리'라는 상표가 있는 것이었습니다. 내 손에 두 개의 키바르 알리가 있었습니다. 다음에는 구슬치기도 했습니다. 딴 것들을 헐렁한 바지 호주머니에 넣었습니다. 아주 많은 구슬을 모았습니다.

당시에는 놀이 이외에 아무것도 신경 쓰지 않았습니다. 이 동네에서 저 동네로 가면서 친구들도 바뀌었습니다. 이 친구에서 저 친구로……. 배가 고픈 아이가 집으로 가고 나면 누가 남아 있든지 그들과 놀았습니다. 나는 배도 고프지 않았습니다. 아니 배고픔을 느끼지 못할 정도로 너무나 행복했습니다.

아이들 중 몇 명이 "집에 돌아갈 때가 됐어."라고 소리치자 그제야 정신이 번쩍 들었습니다. 날은 이미 어두워져 있었습니다. 저녁이 왔던 것입니다. 아이들은 제각기 흩어져 집으로 돌아갔습니다. 내 손에는 몇 개의 담배 종이 곽이, 호주머니에는 몇 개의 구슬이 들어 있었습니다. 사원 마당에 덩그러니 있는 제 자신을 발견했습니다. 이곳까지 어떻게 왔는지 도대체 알 수가 없었습니다. 밖에는 어둠이, 내 마음속에는 두려움이 깔렸습니다.

'식탁보는 어떻게 됐지? 혹 누군가 가지고 가 버렸으면?'

나는 골목 골목을 지나 겨우 집에 도착했습니다. 두려운 마음으로 문고리를 두드렸습니다. 엄마가 문을 열어 주었습니다. 엄마는 울어서 눈이 붓고 충혈되어 있었습니다. 하지만 제게 아무것도 묻지 않았습니다. 내가 정말로 두려워했던 것은 나의 보물, 그러니까 담배 종이 곽과 구슬을 빼앗기는 것이었습니다. 매와 호통에서 벗어났다는 것을 알고는 그것들을 급히 한곳에 숨겨 두었습니다. 엄마는 나의 옷을 벗기고 대야에 물을 받아 목욕을 시켜 주었습니다. 하지만 여전히 나와는 한 마디도 하지 않았습니다.

아버지는 기침 소리와 함께 "부인!" 하고 불렀습니다.

"네!"

"아들, 집에 왔소?"

"진작에 왔어요. 당신이 나가자마자 바로요."

아버지는 아침부터 날 찾아 헤맸던 것입니다. 엄마는 날 대야에 놓고 화장실로 옮기더니 아버지 곁으로 가셨습니다. 아버지와 뭔가를 속삭였습니다. 그런 다음 엄마는 되돌아와 나를 수건으로 닦아 주었습니다.

두 분 다 아무 일도 없었던 것처럼 행동하셨습니다.

아버지는 "자, 밥상을 차려라, 아들아."라고 말씀하셨습니다.

우리는 밥상에 앉았습니다. 아버지는 아무렇지도 않게 "얘야, 오늘 어디에 있었니?"라고 물으셨습니다.

내가 대답을 하지 못하자 엄마는 "나중에 지가 다 알아서 말하겠지요."라고 말씀하셨습니다.

나는 "바깥에 있었어요."라고 대답했습니다.

"바깥에서 뭘 했냐?"

"놀았어요."

"내가 골목을 샅샅이 뒤졌는데도 찾지 못했다. 배가 아주 고프겠구나."

다음 날 아버지는 내 어린 시절 유일하게 행복했던 그날의 추억인 담배 종이 곽과 구슬을 찾아 버리고 말았습니다. 그러고는 내게 "얘야, 공놀이도 구슬놀이도 하지 마라. 에칫(이슬람 종파들 중 하나—옮긴이)들은 성인 알리를 죽여 목을 벤 후에 발로 그 머리를 서로에게 차 주었다고 한다. 축구는 거기에서 유래한 것이란다. 또 손가락을 잘라서 구슬놀이를 했다는구나. 공놀이와 구슬놀이는 죄란다. 놀이가 뭐 그리 중요하냐. 공부나 열심히 해라. 잊어버린 코란 구절들을 외워라."라고 말씀하셨습니다.

캬밀 하사

그를 처음 본 건 쉴레이마니예(이스탄불의 지명 이름—옮긴이)에 있는 우리 집에서였습니다. 그는 '산에 가서 고기를 잡는다'는 말이 딱 들어맞는 사람이었습니다. 그는 누구한테도 일거리를 달라고 한 적이 없었지만 할 일이 없던 날은 하루도 없었습니다. 무슨 수를 쓰든지 밥벌이를 만들어 연명해 나갔습니다.

그는 카스나모누 시 출신이었습니다. 사고무친(四顧無親)이라고 들었습니다. 한 번도 결혼한 적이 없다고 합니다.

아버지가 그를 캬밀 하사(下士)라고 불렀기 때문에 우리도 그렇게 불렀습니다. 뭔지는 모르겠지만 아버지가 그에게 은혜를 베풀었다고 합니다. 그는 우리 집에 무슨 일이 생기면 마치 자기 일이라도 되는 양 헐레벌떡 뛰어와서 도와주곤 했습니다. 아버지는 그를 아주 좋아했습니다. 가끔 그가 보이지 않으면 찾아다니며 수소문을 하곤 했습니다.

우리가 그를 처음 보았을 땐 그에게 말 한 필이 있었습니다. 그는 이 말로 예미시 선착장에서 짐을 나르곤 했습니다. 그 당시에는 말로 짐을 운반하는 사람이 많았습니다.

그 일이 지루해지면 캬밀 하사는 말에 장작을 싣고 먼 곳으로 운반해 팔기도 했습니다.

캬밀 하사는 어른이었습니다. 하지만 아버지는 그를 마치 어린애 대하듯 했습니다.

"적당한 직업을 하나 구해서 계속하지 그래. 이틀에 한 번씩 직업을 바꾼다는 게 말이 되나. 이제 자네는 그렇게 젊지도 않아. 사람이 살다 보면 건강할 때도, 아플 때도 있지. 돈도 아무 데나 쓰지 말고 저축을 하란 말이야."

캬밀 하사는 아버지가 꾸중을 하거나 무슨 말을 해도 "예, 어르신."이라고 말했습니다.

캬밀 하사는 말을 팔아 바퀴가 네 개 달리고 유리 칸막이가 있는 수레를 주문했습니다. 그는 자신이 주문한 대로 수레가 만들어져 아주 기뻐했습니다. 수레에는 타이어 바퀴가 달려 있었습니다. 그는 그 차를 형형색색으로 색칠해 신부가 타는 차처럼 장식했습니다. 수레를 유리 칸막이로 칸칸이 나누어 그 안에 각각 병아리 콩, 땅콩, 호박씨, 아몬드, 보리수 열매, 피스타치오, 건포도, 엿이 들어간 소시지, 호두 알맹이, 콩가루, 살구, 말린 자두, 말린 무화과 등 각종 견과류를 넣어 두거나 유리병 안에 콩이 들어간 사탕, 아몬드 사탕, 캐러멜 등 형형색색의 다양한 사탕을 넣어 팔았습니다.

캬밀 하사는 이 견과류 수레를 쳄베르리타시(로마제국 수도의 표시로서 기원후 330년에 하사된 '콘스탄틴의 기둥'이라 불리는 유적 — 옮긴이)의 밑에 끌어다 놓았습니다. 그는 자신이 아끼는 수레를 형형색색의 조화(造花)를 비롯해 종이 바람개비와 풍선, 종이테이프로 만든 멋진 첨탑들과 크레퐁 종이로 만든 다양한 장식들로 꾸며 놓았습니다. 수레가 얼마나 화려했던지 그 앞을 지나는 사람들은 그냥 지나치지 못하고 한동안 지켜보곤 했습니다. 수레 윗부분에 달린 그 현란한 장식들—반짝이는 종이로 만든 바람개비와 풍선들의 흥겨운 모습—이 지나가는 사람들의 시선을 사로잡았기 때문입니다. 캬밀 하사는 이 정도의 장식에 만족하지 않고, 밤에는 다양한 형태의 형형색색의 등불도 켜 두었습니다. 뿐만 아니라 차의 맨 꼭대기에는 카바이트 램프도 켜 놓았습니다. 수레 밑에는 화로가 놓여 있었습니다. 캬밀 하사는 이 화로에 나뭇가지를 때웠습니다. 밑에서 올라오는 열로 모든 콩류는 항상 따스하고 신선했습니다. 수레의 가운데를 관통해 나와 있는 화로의 굴뚝은 카바이트 램프의 선명한 빛을 받으며 연기를 내뿜고 있었습니다.

챔베르리타시 주변은 오래되고 낡은 건물들로 꽉 차 있었습니다. 캬밀 하사의 수레 앞은 항상 축제날처럼 사람들로 붐볐습니다.

아버지는 그에게 "이제 그만 결혼해, 캬밀 하사!"라고 했습니다.

"알겠습니다, 어르신."

그는 '아니요!' 라는 말을 모르는 사람이었습니다. 캬밀 하사는 그런 류의 사람이었던 것입니다.

어느 날 아버지가 우리 집에서 캬밀 하사에게 버럭버럭 소리를 지르고 있었습니다.

"수레를 어떻게 했다고?"

"팔았습니다, 어르신."

"얼마에 팔았어?"

"흥정하지 않고 그냥 주었습니다."

"어떻게 그렇게 줄 수가 있어? 돈 안 받았어?"

"안 받았습니다."

"돈을 받지도 않고 어떻게 팔았다고 말할 수 있어, 이놈아!"

캬밀 하사는 두려워하며 설명을 했습니다.

"제가 수레를 건네준 사람은 절름발이였습니다. 부인은 결핵에 걸렸다고 합니다. 애들도 두 명이나 있고요, 어르신."

캬밀 하사는 죄를 지은 아이처럼 고개를 숙이고 있었습니다.

"그래서?"

"그가 불쌍해서 수레를 주었습니다. 돈을 벌면 할부로 지불한다고 했습니다. 자본도 없다고 해서 견과류도 모두 그 사람에게 주었습니다."

"바보, 멍청이! 그 사람이 널 잘도 속였구나!"

나중에 나는 많은 생각을 했습니다. 왜 캬밀 하사는 아버지가 꾸중을 해도 참고만 있었을까? 왜 늘상 자신이 하던 일도 멈추고 아버지가 부르면 단숨에 달려왔을까? 그가 아버지에게 바라거나 기대하는 것은 아무것도 없었습니다. 그렇다면 왜? 나중에 저는—그게 사실인지 아닌지는 모르겠지만—이에 대해 나름의 해석을 해 보았습니다.

캬밀 하사는 고아였습니다. 부모님의 얼굴도 본 적이 없다고 합니다. 그는 항상 여기에 결핍감을 느꼈고, 도저히 떨쳐 버릴 수 없었습니다. 자신에게도 아버지가 있었으면 했습니다. 다른 아버지들처럼 자기에게 쉬지 않고 충고를 하며, 꾸중을 하는 아버지가 있었으면 했습니다. 그는 그러한 아버지를 무서워하고 삼가고 싶었습니다. 평생을 차갑고 습기 찬 어두운 여관방에서 보낸 캬밀 하사는 자신을 전혀 남처럼 대하지 않았던 우리 가족의 따스한 분위기 속에서 우리 아버지의 꾸중을 들으며 행복하기까지 했던 것입니다.

수레를 받은 그 절름발이는 캬밀 하사에게 돈을 한 푼도 주지 않았습니다. 하지만 캬밀 하사의 가슴을 아프게 한 것은 수레 값을 받지 못한 것이 아닌 아주 다른 것이었습니다.

그는 단 한 가지 조건을 내걸며 그 절름발이에게 수레를 주었다고 합니다. 수레 장식은 그대로 두고 새로 꾸미는 것이었습니다. 하지만 절름발이는 그 수레를 전혀 소중히 여기지 않았습니다. 풍선들은 터졌고, 종이 등은 타거나 찢어졌습니다. 종이 장식과 꽃들은 햇빛 때문에 색이 바랬습니다.

캬밀 하사는 기쁘게 사는 법을 아는 사람이었습니다. 그는 전혀 화내지 않았습니다. 항상 눈웃음을 지으며 미소 띤 얼굴이었습니다.

그는 한때 길거리에서 병, 종이, 천 조각들을 주워 팔면서 생계를 유지했습니다. 나무와 석탄도 팔았습니다. 행상도 했고요. 그러니까 시장에서 과일, 야채들을 팔았지요.

이러한 일이 지루해지면 그만두고 다른 일을 시작했습니다. 그가 한 일, 아니 그가 창조한 일들 중 신기한 것 하나는 이것입니다. 이 일을 설명하기 전에 먼저 캬밀 하사에 대해 얘기할 것이 있습니다. 그 자신이 말한 바에 의하면, 자신에게는 아주 특별한 힘이 있는데 그건 개들이 자신을 아주 잘 따른다는 것이었습니다. 한 번도 본 적이 없는 아주 사나운 개조차 캬밀 하사를 보면 공격하기는커녕 꼬리를 흔든다는 것이었습니다.

캬밀 하사는 부유한 집들이 늘어서 있는 거리를 아침부터 저녁까지 마음껏 돌아다닙니다. 길에서 다양한 개들을 보고는, 그중 마음에 드는 것을 골라 자신이 살고 있는 여관방으로 데리고 갑니다. 며칠 후 신문에서 행방불명된 개를 찾는 공고가 나옵니다. 행방불명된 개와 캬밀 하사가 데리고 있는 개는 일치했습니다. 그러면 캬밀 하사는 개를 주인에게 데려다 줍니다.

신문에 나오는 공고는 이러했습니다.

"××에서 ×× 품종의 피시메캰이라는 이름의 개가 없어졌습니다. 그 개를 찾아 주는 사람에게 100리라를 후사하겠습니다."

캬밀 하사는 한때 기름장수도 했습니다. 정육점에서 아주 싸게 뼈를 사서는, 이 뼈를 방에 있는 화로 위에 솥을 올려놓고 끓입니다. 이렇게 하면 솥의 윗부분에 손가락 세 마디 정도 두께의 기름이 뜹니다. 캬밀 하사는 이 기름이야말로 첨가물이 들어가 있지 않은 가장 깨끗하고 가장 건강에 좋은 기름이라고 생각했습니다.

나중에 캬밀 하사는 기름장수와 개장수를 함께 했습니다. 이스탄불 거리에는 더러운 떠돌이 개를 비롯해 병들고 늙었지만 아주 혈통이 좋은 귀한 개들이 많았다고 합니다. 캬밀 하사는 이러한 개들을 가엾게 여겨 그 개들을 모두 방으로 데리고 왔습니다. 개의 숫자가 늘어나 더 이상 여관방에 들어갈 공간이 없었습니다.

타흐타칼레 동네에서 차크막츠라르 동네로 올라가면 모퉁이에 화재로 반쯤 타다 만 폐허가 있습니다. 캬밀 하사는 그곳에 정착했습니다. 그 폐허를 청소하고 커다란 방 네다섯 칸을 만들었습니다. 한 방에 열 마리 혹은 열에서 열다섯 마리의 개가 들어갔습니다. 그는 병든 개들을 돌보고 치료해 주었습니다.

그는 계속 정육점에서 뼈를 가져다 끓여 만든 기름들을 팔았고, 남은 뼈들은 개들에게 주었습니다. 또한 육수에 보리를 넣고 죽을 끓여 개밥도 만들어 주었습니다.

캬밀 하사에게는 모든 종류의 개가 있었습니다. 그는 어느새 유명해졌습니다. 자가용을 탄 부유한 부인들이 그의 폐허 앞까지 와서 그로부터 혈통이 좋은 개들을 사 가곤 했습니다.

그도 늙어 갔습니다. 자주 병이 들곤 했습니다. 개 말고는 그에게 아무도 없었습니다. 아버지는 그를 찾아가 또 호통을 치곤 했습니다.

"이봐, 캬밀. 개들 사이에서 이렇게 늙어 갈 거야?"

캬밀 하사는 웃으며 "제 개들은 여느 사람들보다 더 낫습니다."라고 말하곤 했습니다.

"결혼해서 자식도 보지 않고 원……."

한번은 내가 장교가 되고 나서 캬밀 하사가 사는 곳을 찾은 적이 있습니다. 방에 있는 개들을 보았습니다. 한 곳에 늑대를 사슬로 매달아 놓고 있었습니다. 이 늑대로 늑대 개 종자를 받는다고 했습니다.

캬밀 하사는 죽을 때까지 20년 동안 개들과 함께 살았습니다. 그러고는 병이 들어 죽었습니다.

사람들은 그 사실을 그가 죽은 지 이틀이 지나서야 알게 되었습니다. 그의 시체는 개들 사이에 있었습니다. 그 개들은 살아 있는 사람도 물어뜯고, 배가 고프면 무덤조차 파는 사나운 개들이었습니다. 캬밀 하사의 시체를 밖으로 운반하기가 아주아주 힘들었다고 합니다. 왜냐하면 그 맹수 같은 개들이 캬밀 하사 곁에 그 누구도 접근하지 못하게 했기 때문입니다.

자로 맞은 아픔

우리는 오전에 1교시부터 4교시까지 수업이 있었습니다. 점심시간이 되면 나는 오후 수업에 늦지 않으려고 재빨리 학교를 나와 집으로 향했습니다. 집에서 점심을 먹고 다시 단숨에 학교로 돌아왔습니다. 오후에 수업이 두 시간 있었으니까요.

어느 날 점심시간을 알리는 종이 울렸습니다. 나는 재빨리 밖으로 나갔습니다. 쉴레이마니예 사원의 뜰을 지났습니다. 그런데 내 뒤에 여느 때처럼 다른 아이들이 없었습니다. 그 아이들은 놀이에 빠져 있나 봅니다. 나는 집으로 갔습니다. 그날 먹은 점심은 지금도 잊혀지지 않습니다. 엄마는 달걀 두 개를 프라이 해서 주었습니다. 얼른 그것을 먹고는 늦지 않기 위해 바로 학교로 돌아왔습니다. 매번 점심시간이면 교정에서 아이들이 놀고 있었습니다. 그런데 그날따라 웬일인지 아이들이 한 명도 보이지 않았습니다. 학교로 들어갔지만 사방은 쥐 죽은 듯이 조용했습니다. 아이들은 수업을 하고 있었던 것입니다. 아니 어떻게 내가 늦을 수 있지? 문을 두드리고 교실로 들어갔습니다. 제캬이 선생님은 손에 자를 들고서 수업을 하고 계셨습니다.

"어디 갔었니?"

"점심 먹으러 갔었는데요."

"무슨 점심?"

나는 정말로 내가 무슨 음식을 먹었는지 묻는 건 줄 알고 "계란요, 선생님……." 하고 말했습니다.

"손바닥 펴!"

나는 손바닥을 폈습니다. 선생님은 자를 모로 하여 때렸습니다. 하지만 매를 맞는 여느 아이들처럼, "아야!" 하는 소리를 지르지는 않았습니다. 몸을 도사리지도 않았습니다. 아프지는 않았지만 부끄러웠습니다. 소리를 지르고 몸을 도사리는 것은 부끄러운 일입니다. 나는 고개를 숙이고 똑바로 서 있었습니다. 선생님은 자로 세 번 때린 후, 아마도 내가 가여웠던지, "다른 손바닥도 펴!"라고 말씀하셨습니다.

나는 다른 손바닥도 폈습니다. 선생님은 더 빠르게 세 번 내

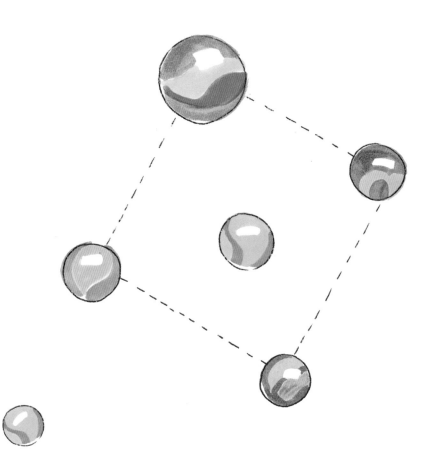

리치셨습니다.

"제자리에 가 앉아!"

나는 너무 아파 손으로 연필을 잡을 수 없었습니다. 하지만 손보다 더 아픈 곳이 있었습니다. 제카이 선생님은 나를 아주 예뻐해 주셨던 분입니다.

잠시 후 쉬는 시간을 알리는 종이 울렸습니다. 아이들 중 일부는 식당으로 갔고, 일부는 점심을 먹기 위해 집으로 달려갔습니다. 그제야 비로소 내가 왜 매를 맞았는지, 나의 잘못이 무엇인지를 알게 되었습니다.

나는 3교시가 끝나고 그때가 점심시간인 줄 알고 집에 갔던 것입니다. 아마도 그날은 배가 고팠던 터라 점심시간까지 기다리지 못했던 것 같습니다.

당나귀젖

5학년으로 진급하고 첫 방학을 맞았습니다.

엄마는 갈수록 나와 멀리 떨어져 지냈습니다. 아니, 날 당신 가까이 오지 못하게 하셨습니다. 팔로 안아 주지도 않았고 뽀뽀도 해 주지 않았습니다. 그렇다고 내가 뭐 이러한 것에 신경을 썼던 것은 아닙니다. 기숙사에서 보낸 몇 달 동안 엄마와 나 사이에는 거리가 생겼고 간혹 '죽음'이라는 말을 주변에서 듣곤 했습니다. 하지만 죽음의 실상이 무엇인지 생각할 수도, 이해할 수도 없었습니다.

엄마의 분홍빛 혈색은 갈수록 노랗게 변해 갔습니다. 볼도 푹 들어갔습니다. 하지만 엄마의 이러한 상태는 날 전혀 슬프게 하

지 않았습니다. 주로 엄마의 아픈 모습을 보며 자란 나는 엄마
가 이렇게 허약한 것이 자연스러운 것이었고, 그래야만 하는 것
으로 알았습니다.

엄마는 의사가 권하는 약도 먹어보고 이스탄불의 병원이란 병
원은 다 찾아다녔지만 건강은 좋아지지 않았습니다.

의사 선생님은 수많은 약 이름을 나열하며 환자 모르게 개고
기도 먹여야 한다고 했습니다. 뭘 먹든지 엄마가 먹은 고기가
개고기였다는 말도 해 주어야 한다고 했습니다. 그래야 환자가
역겨워하며 토하면서 몸속에 있는 나쁜 기운이 밖으로 나와 낫
는다고 했습니다.

고슴도치 고기도 먹어야 한다고 했습니다. 엄마의 병에 좋다
고 합니다.

엄마는 개고기와 고슴도치 고기에 대해 "절대 내가 모르게 먹
이지 마세요."라고 말씀하시곤 했습니다.

당나귀 젖을 먹어야 한다는 사람들도 있었습니다. 이 말은 아
주 현명한 사람들이 해 준 것이었습니다. 우리가 사는 섬에는
당나귀가 아주 많았습니다. 새로 짠 당나귀 젖을 따뜻할 때 마
셔야 한답니다. 정말로 당나귀 젖을 마시는 결핵 환자들이 있었
습니다. 엄마가 당나귀 젖을 마셨는지 마시지 않았는지는 기억
나지 않습니다. 매일 아침 엄마는 억지로 우유 속에 계란을 풀

어 마셨습니다. 아버지는 제발 마시라고 엄마에게 애원을 했습니다. 엄마는 "도저히 비위가 상해서 마시지 못하겠어요."라고 말씀하셨습니다. 식욕도 전혀 없으셨습니다.

아버지가 음식을 먹으라고 애원할수록 어머니는 "먹을 수가 없어요. 음식을 도저히 삼킬 수가 없는걸요." 하고 말씀하셨습니다. 난 엄마가 어떻게 그런 맛있는 것을 먹지 못하는지 전혀 이해할 수가 없었습니다.

아버지는 이 세상에서 가장 이해심 많고 좋은 남편이 되었습니다. 엄마에게 남편, 친구 등 뭐든 다 되어 주셨습니다. 매일 밤 늦은 시간까지 엄마의 회복을 위해 코란을 읽으시고 기도를 하셨습니다.

당시 신선한 계란은 가장 비싼 음식 중 하나였습니다.

엄마는 신선한 계란을 마셔야 했습니다. 그래서 우리는 닭을 키우기 시작했고 이후 많은 닭이 생겼습니다. 신선한 계란을 팔아 돈도 벌었습니다.

아버지는 여러 품종의 닭을 사기 시작했습니다. 서로 품종이 다른 닭을 개량하여 다양한 종류의 닭이 생겼습니다. 예를 들면 데니즈리 닭은 아주 오랫동안 웁니다. 병아리를 사서 키운 이 데니즈리 닭이 얼마나 길게 울어 젖히는지 나중에는 숨이 차서 입을 벌린 채 땅에 쓰러지곤 했습니다. 정말로 놀랄 일이었습니다(이 데니즈리 닭은 가수 같았습니다).

데니즈리 닭 가운데 한 마리는 항상 계란 두 개 크기의 알을 낳았습니다. 이 커다란 계란을 매일 아침 엄마가 마셨습니다. 계란을 깨면 그 안에 두 개의 노른자위가 있었습니다. 가끔 다른 닭의 품에 이 커다란 계란을 넣어 두곤 했습니다.

나의 어린 시절 가장 재미있던 놀이 중 하나는 병아리가 알을 깨고 나오는 것을 구경하는 것이었습니다. 병아리가 주둥이로 알을 깨는 모습, 알을 깨고 나오지 못하는 병아리를 엄마 닭이 주둥이로 깨고 도와주는 모습, 그리고 알에서 서로 다른 색의 병아리가 나오는 모습 들은 나를 아주 경이로 가득 차게 만들었습니다(지금도 여전히 그 모습은 경이롭습니다!).

한번은 데니즈리 닭의 그 커다란 계란에서 두 마리의 병아리가 나왔습니다. 쌍둥이였습니다. 그런데 엉덩이 부분이 붙어 있었습니다. 그들은 그대로 살아갔습니다. 그 쌍둥이 병아리가 살아가는 것을 지켜보는 것이 우리들에게는 고문이었습니다. 왜냐하면 두 병아리가 서로 반대 방향으로 당기고 있었기 때문입니다. 한 마리는 이쪽으로, 다른 한 마리는 저쪽으로 가고자 했으니까요. 아버지는 몸이 붙어 있는 그 쌍둥이 병아리를 아주 가여워하셨습니다. 그 쌍둥이는 한 달 정도 살았습니다. 어느 날 아침 쌍둥이는 닭장에서 나오지 않았습니다. 둘 다 죽었던

것입니다. 그 쌍둥이가 살아가던 모습은 우리에게 고문이었고
그 죽음은 우리를 비통하게 만들었습니다.

하지마, 하산

언덕에 있는 마을에서 선착장을 향해 내려가면 내리막길 왼쪽에 편편한 들판이 있습니다. 이 들판 앞의 한 저택에 압바스라는 이름의(아닙니다. 압바스가 아닙니다. 하심이었습니다. 왜 그런지모르겠지만 어린 시절을 떠올릴 때면 그 아이의 이름은 언제나 압바스로남아 있습니다) 아이가 살고 있었습니다. 그 아이는 곱슬머리에잘생기고 옷을 잘 입는 아이였습니다. 하심을 비롯해 그 나이또래의 몇몇 아이들은 자기 아버지를 '아버지'라고 부르지 않고 '아버님'이라고 불렀습니다. '아버님'이라는 말에서 나는 도저히 '아버지'라는 이미지를 끌어낼 수가 없었습니다. '아버님'이라는 호칭은 '아버지'가 아니라 무슨 이방인 같은 느낌이 들었기 때문입니다.

　당시 내가 살고 있던 섬의 아이들은 세 부류로 나눌 수 있습니다. 아버지에게 나처럼 '아버지'라고 부르는 아이들, 하심처럼 '아버님'이라고 부르는 아이들, 나와 같은 수준이면서도 엄마들의 강요로 '아버님'이라고 부르는 아이들. 나는 이 세 번째 부류가 정말 아니꼬웠습니다. 두 번째 그룹, 그러니까 '아버님'이라고 부르는 아이들은 그렇게 부를 만하다고 생각했습니다. 그 아이들의 아버지는 모두 부자로 풀 먹인 셔츠에 넥타이를 맸으며 말끔하게 다림질한 바지를 입고 있었을 뿐만 아니라 안경을 끼고 먼지 방지용 덮개가(그 당시에는 신발에 부착하는 먼지 방지용 덮개라는 것이 있었습니다. 신발 위에서 단추로 여미는 식의 덮개말입니다) 달려 있는 신발을 신고 있었기 때문입니다. 그러니까 그들은 정말로 '아버님'이었습니다. 하지만 그 이외 아이들의 아버지는 그냥 '아버지'였습니다. 그저 평범한 아버지 말입니다.

　곱슬머리 하심에게는 자전거가 있었습니다. 그리고 공도 있었습니다. 그 공을 다른 아이들에게 빌려 주기도 했습니다. 하지만 자전거는 아무도 태워 주지 않았습니다. 공은 혼자 가지고 놀 수 없지만 자전거는 혼자서 타고 놀 수 있었기 때문입니다.

　우리는 들판에서 하심의 공을 가지고 축구를 했습니다. 아이들 중에는 선장의 아들인 하산이라는 아이가 있었습니다. 아버지가 선장이었기 때문에 우린 그를 선장 아들이라고 불렀습니다. 하산은 나보다 나이도 많고 키도 컸습니다. 하심은 나보다 키도 작고 나이도 어렸습니다.

축구팀을 선발하기 위해 양쪽 팀의 주장이 가위바위보를 했습니다. 하산은 우리보다 나이가 많았기 때문에 항상 주장이 되었습니다.

우선권을 가진 주장이 첫 선수를 골라 자기 팀에 넣으면 그 다음 다른 주장이 선수를 고릅니다.

처음 선택되는 아이는 항상 하심이었습니다. 축구를 잘하진 못했지만 공이 그 아이 것이었기 때문에 항상 맨 먼저 선발되었습니다. 나는 맨 마지막으로 선발되곤 했습니다. 공놀이를 잘할 줄 몰랐기 때문입니다. 도저히 잘할 수가 없었으니까요. 그때까지 한 번도 축구를 한 적이 없었습니다. 이 때문에 날 경기에 끼워 주지 않으면 어쩌나 내심 걱정하며 자기 팀 아이들을 고르는 주장들의 눈을 빤히 쳐다보았습니다.

나는 항상 맨 나중에 선발되었습니다. 물론 선발되지 않는 경우도 많았습니다. 하심은 배를 타고 집으로 돌아오는 아버지를 멀리서 보기라도 하면 하던 놀이도 그만두고 팔을 벌리며, '아버님, 아버님!' 하며 뛰어가곤 했습니다. 하심은 아버지, 그러

니까 아버님의 손을 잡고는 집으로 돌아갔습니다. 물론 공도 가지고 갔지요.

하산이라는 아이는 내게 아주 못되게 굴었습니다. 제게는 정말 골칫거리였습니다.

축구할 때 발을 걸고, 등에 올라타고, 발로 차는 등 심술을 부렸습니다. 그럴 때마다 나는 "하지 마, 하산! 하지 마!"라는 말만 되풀이했습니다.

축구를 하지 않을 때에도 나를 괴롭혔습니다. 가만히 있는 내게 와서 어깨를 때리고 무릎으로 치곤 했습니다. 이때도 난 "하지 마, 하산. 하지 마!"라고 말했습니다.

그 아이는 날 찍었는지 만나면 꼭 때렸습니다. 그는 나보다 키도 크고 덩치도 컸을 뿐만 아니라 나이도 많았습니다.

"하지 마, 하산. 하지 마!"

내가 가만히 있는데도 다가와 시비를 거는 걸로 봐서 나를 괴롭혀 다른 아이들에게도 본보기를 보여 줌으로써 자신의 우위를 확고히 하려는 것 같았습니다.

평생 싸움은 내 체질에 맞지 않았습니다. 최소한 내가 먼저 싸움을 걸지는 않습니다. 하지만 내게 싸움을 걸어 오면 물러나지도 않습니다.

그런데 많은 사람들은 나를 싸움꾼으로 알고 있습니다. 작가

생활을 하면서도 싸움을 하지 않았습니다. 물론 치열한 글 싸움이나 격렬한 논쟁은 많이 했습니다. 하지만 그 모든 싸움은 내가 건 것이 아니었습니다. 첫 번째 공격은 제가 하지 않았습니다.

하산은 갈수록 더 심해졌습니다. 어디서 보든 날 괴롭혔습니다. 그 애 때문에 축구도 할 수 없었고 들판에도 가지 않게 되었습니다. 그러자 이번에는 길에서, 선착장에서, 어디서 날 보든지 와서 어깨를 치고 무릎으로 걷어차곤 했습니다.

"하지 마, 하산. 하지 마!"

내가 소극적으로 행동할수록 내가 두려워하는 걸 알고는 더욱더 귀찮게 했습니다.

하루는 저녁 무렵 내리막길을 걷고 있는데 아이들이 들판에 모여 있는 것이 보였습니다. 하심이 울면서, "엄마!" 하고 소리치고 있었습니다.

나는 얼른 뛰어가 보았습니다. 하산이 강제로 하심의 자전거를 빼앗아 올라타 있었습니다. 하심은 계속 "엄마!" 하고 소리치며 울고 있었습니다. 집에 아무도 없는지 그를 도와주러 오는 사람은 없었습니다. 하심은 울면서 하산이 타고 가지 못하도록 자전거의 안장을 잡고 늘어졌습니다. 하산은 화가 난 듯 자전거에서 내리더니 하심을 밀어 넘어트렸습니다. 하심은 땅에 누워

서도 자전거 바퀴를 부여잡았습니다. 그러고는 일어나서 다시 자전거를 잡았습니다. 다른 아이들은 찍소리도 않고 구경만 하고 있을 뿐, 싸움을 말리지도 않았습니다.

나는 그들 사이로 들어가 뜯어말렸습니다.

엎치락뒤치락하다가 하산이 하심에게 주먹을 날렸습니다. 하산은 "조금 타면 좀 어때? 우리가 자전거를 먹기라도 할까 봐?"라고 말했습니다.

나는 중재한답시고 하심에게 "조금 타게 놔두면 안 되냐!"라고 말했습니다.

"왜 뺏어 타려고 그래? 이게 누구 건데?" 하며 하심도 지지 않고 대꾸했습니다.

그리고 그들은 다시 붙었습니다. 하산은 하심을 늘씬하게 패 주고 있었습니다. 나는 또 그들 사이에 끼어들어 말렸습니다.

"하지 마, 하산. 하지 마!"

"너랑 무슨 상관이야!"

하산은 하심을 때리기를 그만두고 나를 돌아봤습니다.

"그 애는 아직 어리잖아."

그러자 하산은 "그래? 그러면 네가 대신 맞을래?" 하며 내 멱살을 잡았습니다.

"하지 마, 하산. 하지 마!"

하산은 나를 잡고 흔들었습니다. 난 갑자기 화가 나서 "하지마, 나도 가만있지 않을 거야!"라고 말했습니다.

내가 뭘 믿고 이 말을 했는지 모르겠습니다.

"어떻게 할 건데?"

나는 그의 코에 주먹을 날렸습니다. 그는 엉덩방아를 찧으며 주저앉았습니다. 코에서 코피가 펑! 하고 터졌습니다. 피를 보자 나는 두려워졌습니다. 그 두려움 때문에 다시 그에게 공격을 가했습니다. 쉬지 않고 계속 때렸습니다. 계속 때리면 피가 멈추기라도 할 것처럼 말입니다. 그 애는 엄살쟁이였나 봅니다. 자루처럼 땅바닥을 나뒹굴었습니다. 나는 그 아이를 일으켜 세워 다시 때렸습니다. 한편으로는 이 싸움이 언제쯤 끝날까, 라고 생각하면서요. 때리면서도 곁눈으로 아이들을 쳐다보았습니다. 우리를 말리라는 의미로. 하지만 우리를 뜯어말리는 아이들은 없었습니다. 아무도 말리지 않자 달리 할 것이 없어 계속 하산을 때렸습니다. 하산은 두 손으로 얼굴을 가리려고 애를 썼습니다. 하산도 어찌할 수 없었는지 신발 바닥에 기름칠이라도 한 양 미끄러지듯 도망치기 시작했습니다. 나는 용감한 척하며 한두 걸음 그를 뒤따라가는 척하다가 멈췄습니다. 나도 지쳤는지 숨이 헐떡거렸습니다.

하산은 "내 얼굴을 손톱으로 할퀴었어. 계집애 같은 놈!"이라며 소리쳤습니다.

나는 엄마에게 어떻게 설명할지 생각하고 있었습니다.

'그냥 넘어졌다고 해야지……'

나는 들판을 떠나 천천히 오르막길을 올라갔습니다.

다음 날 저녁 우리는 들판에서 축구를 했습니다. 주장들이 선수들을 뽑기를 기다리며 나는 가장자리에서 기다리고 있었습니다.

아이들 중 한 명이 나에게 다가오더니 "네가 주장 해! 와서 선수를 골라!"라고 말했습니다.

나는 축구를 잘하지 못합니다. 하지만 하산을 때리자 주장이 되었습니다. 하산은 저쪽에서 기다리고 있었습니다. 눈 밑이 시퍼렇게 멍들어 있었습니다.

가위바위보를 해서 내가 이겼기 때문에 우선권을 갖게 되었습니다.

나는 그의 얼굴도 쳐다보지 않고 "하산을 뽑을래!"라고 말했습니다.

하산이 천천히 내 뒤로 왔습니다.

세월이 흐른 후 하산을 사관고등학교에서 다시 만났습니다. 중학교에서 1, 2년 진급을 하지 못하다가 졸업하고는 사관고등학교에 입학했다고 했습니다. 나보다 1, 2년 하급반에 있었습니다. 키도 크고 어깨도 넓은 건장한 아이였습니다. 예의도 바르고 남을 존중할 줄 아는 사람이었습니다.

녹슨 못

여전히 나는 땅에 떨어진 못을 보면 몸을 굽혀 줍습니다. 집에서는 타고 남은 성냥 하나도 그냥 버리지 않고 모아 둡니다. 무슨 일에든 쓰일 것이라고 생각하며 말입니다. 최소한 난로나 화덕에 넣을 겁니다. 절대 그 어떤 것도 낭비하지 않습니다.

하지만 사람들은 대부분 날 씀씀이가 헤픈 사람으로 알고 있습니다. 둘 다 맞는 말입니다.

우리 세대 사람들은 모두 이렇습니다. 모순적인 성향을 가지고 있지요. 그러니까 구두쇠이기도 하면서 씀씀이가 헤프기도 하다는 말입니다. 그건 바로 우리가 자란 시대 적 상황과 조건이 그러했기 때문입니다.

우리 세대는 독립전쟁(1919년에 시작되어 1923년에 끝난 터키의 독립전쟁—옮긴이) 말엽의 가난 속에 허덕이던 터키의 아이들이었습니다. 당시의 어른들은 열심히 일하고 절약하면 백만장자가 될 수 있다고 우리를 속였습니다. 그들이 한 말은 모두 거짓말이었습니다. 하지만 스스로가 한 거짓말에 자신들도 속아 넘어간 격이었지요. 그러니까 그들은 먼저 자신들을 속이고 나중에 우리들도 속였습니다. 그들은 우리에게 미국에서 빈털터리로 시작해서 백만장자가 된 사람들의 일대기를 본보기로 보여주었습니다. 우리가 그들을 본보기로 삼는다면 빈손으로 시작해도 백만장자가 될 수 있다는 식으로 말이지요. 그러기 위해서는 아래와 같은 철칙을 지켜야 합니다.

1. 열심히 일해야 한다.
2. 도덕적이며 정직해야 한다.
3. 절약, 절약, 절약만이 살 길이다.
4. 신실한 종교인이 되어야 한다.

우리나라에는 아직도 이 같은 거짓말과 속임수를 믿는 사람들이 있습니다. 사실 백만장자들의 근본을 보면 위의 네 가지 철칙과 맞는 사람은 아무도 없고, 오히려 정반대인 사람들이 있을 뿐입니다.

나는 벨리 선생님이 수업 시간에 해 주었던 이야기를 잊을 수 없습니다.

미국에 아주 가난한 젊은이가 살고 있었다고 합니다. '아무개'라는 이름의 이 젊은이는 당시 직업도 없었습니다. 일자리를 구하기 위해 공장, 사무실 안 가 본 데가 없었습니다. 하지만 지원했던 모든 곳은 그에게 줄 일자리가 없다며 거절했습니다.

너무나 지치고 배고팠던 어느 날이었습니다. 포기하지 않고 계속 일자리를 찾다 하루는 어느 큰 공장을 발견하게 되었습니다. 공장의 커다란 입구로 들어간 그는 정원을 지나 건물 안으로 들어갔습니다. 공장 주인이 있는 위층으로 올라갔습니다. 그러고는 마음을 다하여 일자리를 구했습니다. 백만장자인 공장주는 일자리가 없다고 말했습니다. 그러자 아무개 씨는 공장주에게 불편을 끼쳐 드려 죄송하다고 정중하게 사과하고는 방을 빠져나왔습니다. 그는 공장 정원을 걸어가다 몸을 숙여 뭔가를 집어 들었습니다. 공장주는 위층 창문으로 우연히 그 젊은이가 몸을 굽혀 땅에서 무엇인가를 집는 것을 보게 되었습니다. 그는 사람을 시켜 아무개 씨를 불러들였습니다.

"땅에서 무엇을 집었나?" 그가 물었습니다.

젊은이는 재킷 호주머니 속에 넣어 둔 녹슨 못을 꺼내 책상

위에 올려놓았습니다.

"이 못을 발견했습니다."

공장주는 젊은이가 녹슨 못에조차 가치를 두는 절약하는 사람인 것을 알게 되자 그가 마음에 들었습니다.

"자네를 채용하겠네. 회계업무를 하게나."

그가 말했습니다.

그 젊은이가 얼마나 절약하고, 얼마나 정직하게 열심히 일했던지 승진을 거듭해 부사장의 자리에까지 오르게 되었습니다. 그가 몸소 보여 준 절약 정신으로 인해 공장의 연간 수익은 계속 늘어만 갔습니다. 자신도 저축을 꾸준히 하여 공장의 소주주가 되었습니다. 갈수록 그의 회사 소유지분은 많아졌습니다. 늙은 공장주는 자신의 아름다운 딸을 그 아무개에게 주었습니다. 이렇게 해서 그는 공장의 공동소유자가 되었고, 나중에는 단독으로 공장주가 되었습니다. 그리고 시간이 흘러 세상에서 가장 부유한 사람 중 한 명이 되었다고 합니다.

벨리 선생님은 이 이야기를 아주 재미있게 해 주셨습니다. 우리 모두에게 좋은 본보기가 된 건 두말할 필요가 없었지요.

몇 세대에 걸쳐 어른들은 이 속임수로 우리 모두를 속여 왔습니다. 사실 이 이야기들은 백만장자들의 나쁜 이면들을 숨기기 위한 덮개에 불과했습니다.

실은 이 이야기의 배경이 되었던 시기로부터 1, 2년 뒤 미국에서는 대공황이 시작되었고, 이는 전 세계를 혼란 속에 빠트렸습니다. 미국은 이 공황에서 벗어나기 위해 국민들에게 소비를 부추겼습니다. 땅에 떨어진 못을 줍게 하기는커녕 새 못, 새 옷, 번쩍거리는 자가용을 수도 없이 갈아치우면서 재정 공황에서 벗어날 수 있었습니다. 미국의 자동차 무덤은 하나의 전설이 되었습니다.

하지만 이 녹슨 못 이야기는 우리가 잊으면 안 되는 교훈이 되었습니다. 왜냐하면 우리의 생활환경과 맞아떨어졌기 때문입니다. 밤마다 우리들의 집을 밝히는 석유램프 중 큰 것은 '가스램프', 작은 것은 '절약용 램프'라 불렀습니다. 절약한다는 것은 작은 것으로 만족한다는 의미입니다. 석유를 아껴 써야 했기 때문에 어두컴컴한 곳에서도 흐린 불빛에 만족해야 했습니다. 이 절약용 램프라는 말은 당시 가난의 상징이었습니다.

아이들이 엄마에게서 가장 많이 들었던 말들 중 하나가 바로 "아껴라."라는 말이었습니다. "빵과 올리브를 아껴 먹어라!"처럼 요즘 이 '아껴라'라는 말은 더 이상 들을 수 없습니다. 잊혀지고 말았지요. 이 말은 올리브 한 알과 빵 한쪽, 혹은 작은 치즈 한 조각과 빵 두 조각, 혹은 50그램 헬와와 반 킬로그램 빵으로 배를 채우는 것을 의미합니다.

옷도 아껴서 입었습니다. 새 옷을 먼저 아버지가 2년 정도 입은 후에 이 옷을 다시 뒤집습니다. 뒤집으면 재킷 왼쪽의 손수건 넣는 호주머니가 오른쪽으로 가게 됩니다. 아버지는 이 옷을 뒤집어 2년을 더 입습니다. 후에 이 옷을 뜯어 집안의 장남이 입을 수 있게 고칩니다. 1, 2년 정도 아들들이 입은 후 기웁니다. 더 이상 기울 수 없는 상태가 되면 그 옷을 길게 자릅니다. 이 조각들로 형형색색의 킬림(털이 없고 앞뒤가 없는 깔개의 일종—옮긴이)을 만듭니다. 이 옷의 모험은 여기서 끝나지 않습니다. 결국 킬림은 걸레가 되어 바닥을 닦게 됩니다.

모든 것을, 그야말로 모든 것을 아껴 썼습니다.

캬바야

엄마가 헤이벨리 섬의 결핵환자 요양소에서 나와 집으로 돌아왔습니다. 이제는 요에만 누워 있고 바깥출입은 전혀 하지 못합니다. 기력도 식욕도 없으십니다. 아무 일도 못하시고 집 안에서조차 누워만 계십니다. 엄마의 간호를 비롯해 힘든 모든 집안일은 내 여동생이 도맡아 했습니다. 이렇게 희생적인 동생은 현실에서가 아니라 소설에서나 볼 수 있을 겁니다.

병든 엄마를 맨바닥에 눕혀 놓을 수가 없었습니다. 빈 궤짝 위에 양털 요를 펴고는 그 위에 엄마를 눕혔습니다.

당시에는 제대로 된 침대도 없었습니다. 엄마의 풍성한 갈색 머리칼이 하얀 베개 위로 퍼져 있곤 했습니다. 얼굴은 누렇게 떠 있었습니다. 오로지 엄마의 눈에서만 과거의 아름다운 모습을 찾아볼 수 있었습니다. 여전히 반짝이며, 커다랗게 타오르는 검은 눈동자였습니다. 제 색을 잃은 입술은 바짝 말라 있었습니다. 항상 열이 높았고 가끔 얼굴에 이슬이 맺힌 것처럼 식은땀이 흘렀습니다. 머리칼도 항상 축축이 젖어 있었습니다. 항상 깨끗했던 손은 환자 특유의 창백한 빛으로 변해 있었고 손가락은 누렇게 떠 있었습니다. 옛날에는 뺨이 살갗 속에서 빛을 발하는 듯했지만 이제 그 빛이 사라지고 없었습니다.

나는 갈수록 엄마와 멀어집니다. 나를 곁에 가까이 오지 못하게 하고 엄마가 있는 방에도 들어가지 못하게 합니다. 밤에는 나를 방 앞 현관에 놓여 있는 침대에서 자게 합니다. 내가 가끔 방으로 들어가면 멀리서 나를 뚫어지게 바라보시다가 벽 쪽으로 고개를 돌립니다.

엄마가 사용하는 그릇, 포크, 수저는 따로 둡니다. 이것들은 엄마 이외에 그 누구도 사용하면 안 됩니다.

나는 이러한 모든 상황에 신경을 쓰지 않는 척했습니다. 그렇지만 사실 엄마에게 뽀뽀도 하고 싶고 엄마를 만져 보고도 싶습니다. 때로는 품에 안기고 싶습니다. 하지만 엄마는 이 모든 것을 못하게 하십니다.

아버지는 아주 비참한 심정입니다. 아주, 아주 많이요. 만 분의 일도, 십만 분의 일도 아버지만큼 엄마를 사랑하는 남편은 없을 겁니다. 아버지의 행동에서 과거에 당신이 엄마에게 주었던 고통 때문에 얼마나 가슴 아파하는지 알 수 있습니다. 하지만 아버지는 엄마를 아주 사랑했기 때문에 역정을 내고 심술을 부렸습니다.

엄마는 캐비아를 먹어야 한다고 합니다. 먹고 살기도 힘든데 아버지는 엄마에게 캐비아를 먹여야 한답니다. 캐비아가 엄마를 살릴 거라 하면서 말이지요. 생선 알과 캐비아…….

아버지는 돈이 별로 없습니다. 하지만 엄마의 병이 낫는 데 진주, 백금, 다이아몬드가 필요하다면 무슨 짓을 해서라도 이것들을 구해 올 겁니다. 그것도 자루로 말입니다.

나는 아버지와 함께 에미뇌뉘 시장에 있는 가게들과 카라쾨이에 있는 안주 가게를 돌아다닙니다. 아버지는 캐비아와 생선 알을 싸게 사기 위해 단단히 흥정에 들어갑니다. 아버지의 흥정은 일반적으로 나를 아주 지루하게 만들고 화나게 합니다. 하지만 이번에 한 흥정은 전혀, 정말로 전혀 나를 지루하게 만들지 않았습니다. 아버지가 절대로 물러서지 않고 흥정을 하는 게 정말이지 아주 정당하게 여겨졌습니다.

캐비아는 너무나 비쌌습니다. 우리는 그것을 음식이 아니라 엄마의 병을 회복시킬 약이라 생각하며 샀습니다. 이렇게 비싼 것이 부자들의 식탁에 음식으로 올라간다는 사실이 아주 놀라웠습니다. 우리에겐 약으로 쓰이는 것을 부자들은 음식으로 먹는다는 겁니다. 아니면 반대로 그들이 먹는 음식을 우리는 약이라 하며 삽니다. 나는 분노가 치밀었습니다. 처음으로 아버지가 벌인 흥정이 정당하다고 믿었습니다.

카라쾨이와 톱하네 중간에 위치한 안주 가게는 아버지가 단골로 가는 곳입니다. 우리는 캐비아를 항상 그곳에서 삽니다. 우리 집에는 많은 캐비아가 필요합니다. 엄마가 나으려면 말입니다.

하지만 엄마는 이제 거의 아무것도 먹지 않습니다. 우유조차 억지로 마시게 합니다. 내가 없으면 아무것도 목에 넘기려 하지 않으셨습니다. 엄마는 내게도 캐비아를 먹이려고 합니다. 나는 캐비아를 전혀 좋아하지 않습니다. 맛이 없습니다. 어떻게 부자들이 이 맛없는 캐비아를 그렇게 많이 먹는지 그저 놀라울 따름입니다. 부드러운 콩 껍질로 만든 음식이 있는데 캐비아를 먹다니요(나는 여전히 콩 껍질로 만든 음식을 좋아합니다. 빨간 고추를 넣고 소스를 많이 넣어 요리한, 얇은 막이 덮여 있고 김이 모락모락 나는 음식 말입니다). 하지만 엄마는 내가 당신에게 많이 남겨 주려고 일부러 캐비아를 먹지 않는 거라고 생각했습니다.

제가 이 글을 왜 썼을까요?

우리 아이들은 모두 대부분의 부모 세대들이 나와 비슷한 경험을 했다는 것을 알아야 합니다. 하지만 대부분의 사람들은 과거의 아픈 기억 혹은 가난을 부끄러워합니다. 이러한 것들을 어떤 결핍이나 수치로 여기고는 아이들에게 숨깁니다.

내 동창이 하나 있습니다. 지금은 백만장자가 되었지요. 그 친구의 엄마는 에윕에서 남의 빨래를 해 주며 살았습니다. 아버지가 근근이 돈을 벌어 그를 키웠습니다. 하지만 백만장자가 된 지금, 그는 과거에 대해 느꼈던 수치심과 굴욕감을 숨기고자 자녀들에게는 자신이 아주 부유한 집안의 자식에다 할아버지는 오스만제국의 고관이었다고 거짓말을 합니다.

많은 부모들은 나의 어린 시절 추억을 읽으며 자신들의 추억을 되새기게 될 것입니다.

이 글을 쓴 두 번째 목적은 이것입니다. 우리는 이렇게 살아왔지만 계속 이렇게 살아갈 수는 없습니다. 절대로 우리가 겪은 것들이 반복되어서는 안 됩니다.

나의 추억에 관하여

진심을 다해 자신의 추억을 온전히 되살려낸다는 것은 거의 불가능합니다. 저는 어떤 사건들에 대해 쓰고자 했지만 제대로 밝히지 못했습니다. 어떤 부분들은 자세히 밝히지 못하고 그냥 지나쳤습니다. 내가 쓴 이 글로 인해 다른 사람들, 특히 내가 사랑하는 사람들이 상처 입는 걸 바라지 않기 때문입니다. 다만 나 자신과 관련된 문제에 한해서는 진심을 다해 썼다는 걸 알아주었으면 합니다.

모든 사람들의 삶에는, 특히 다른 사람과 관련해서는 약간 비밀스러운 부분이 있어야겠지요.

시련 속에서 피어난 아름다운 지성, 아지즈 네신의 유년 이야기

어른이 된 사람들은 누구나 말할 것입니다. 자신이 살아온 가장 아름다운 시절은 어린아이였을 때였으며, 소중한 추억들은 유년에 이루어진 것이라고 말입니다. 그런데 어린아이였을 때의 순수함과 해맑음은 왜 어른으로 성장하면서 점점 아득하게 사라지고 마는 걸까요? 행복하고 천진난만했던 어린 시절이 어른들에게는 왜 다시는 돌아갈 수 없는 낙원이 되고 마는지 가끔은 안타까운 생각이 들 때도 있습니다. 우리는 그리워하지만 그 아스라한 시절의 행복을 다시 현실로 만들려고 노력하고 있지 않으면서 다만 꿈만 꾸고 있는 건 아닌지요?

아지즈 네신의 어린 시절을 읽으면서 다시금 저는 제 유년 시절을 돌아보게 되었습니다.

아지즈 네신의 책을 번역하기 전부터 아지즈 네신의 책을 즐겨 읽은 독자로서 저는 '작가' 아지즈 네신보다 '인간' 아지즈 네신을 더 좋아했고, 더 많이 존경하고 있습니다. 그래서 제게 아지즈 네신의 책을 번역하는 일은 다른 터키의 훌륭한 작가들의 좋은 작품들을 번역하는 것보다 더 기쁘고 가치 있게 다가옵니다. 아울러 아지즈 네신이 평생을 통해 꿈꾸고 실천한 신념과 결실에 조그마한 손길을 보태는 것이라는 걸 생각하면 더욱더 마음 뿌듯해지는 보람을 느끼곤 합니다. 아지즈 네신의 존경스러운 삶에 대해서는 국내에 출간된 그의 여러 작품에서 언급한 바 있습니다.

아지즈 네신이라는 작가를 언급할 때마다 저는 '실천하는 지성'이라는 말을 자랑스럽게 써 왔습니다. 이 책을 번역하면서, 그리고 아지즈 네신이 어린아이였을 때 어떤 삶을 살아왔는지를 생각하면서 역시 아지즈 네신은 실천하는 지성의 표본이라는 걸 다시금 느끼게 되었습니다. 너무나 가난하고 힘든 환경 속에서 어쩌면 그리 올바르고 정직하게 자라났는지 제 유년 시절의 기억과 비교해 보면서 마음속으로 부끄러움을 많이 느꼈던 게 사실입니다. 그리고 빈곤과 설움의 시절을 견뎌 낸 한 어린이가 어떻게 타인을 위해 헌신하고, 신념을 지키기 위해 저항

하고, 의지를 실천하는 진정한 지성인으로 성장해 갈 수 있었는 가 하는 물음에 대한 답을 찾게 됩니다. 진정 인간으로 완성된 사람은 자신이 하는 일의 대부분을 타인을 위한 헌신과 목적으로 채우는 사람인가 봅니다.

어릴 때 읽었던 동화책 중에서 하나를 넣으면 두 개가 되어서 나오는 마술 항아리 이야기가 기억이 납니다. 아지즈 네신이 몸소 보여 주었던 이타적인 삶이야말로 나눔과 배려와 헌신을 통해 더욱더 커지는 사랑의 가치를 잘 보여 준다는 점에서 저는 아지즈 네신이야말로 표현과 실천의 삶을 통해 더 큰 사랑을 일구어 낸 마술 항아리 같은 사람이라고 생각합니다. 진정으로 완성된 사람은 겉으로 드러내거나 포장되는 게 아니라, 감출수록 드러나는 내적인 아름다움을 가진 사람일 것입니다.

어린이들을 사랑하고 자신의 조국 터키를 위해 기꺼이 자국민들이 내던지는 비판과 욕설을 감내하고 꼿꼿하게 문학과 실천을 통해 자신의 삶을 헌신한 아지즈 네신은 역사 속에서, 그리고 문학 속에서 두고두고 잊히지 않는 존재가 되었습니다. 하지만 이 책을 통해 아지즈 네신이라는 거인도 무척이나 연약하고 서글펐던 어린 시절이 있었다는 걸 다시 확인합니다.

아지즈 네신이 자신의 고단했던 어린 시절을 고백하는 이유는 단 하나일 것입니다. 어른은 무엇보다도 어린이들을 사랑하고 돌봐야 한다는 것, 그래서 불행한 어린이가 없도록 최선을 다해야 한다는 어른의 커다란 의무를 다시금 묻기 위해서일 것입니다.

제가 처음 아지즈 네신의 작품을 번역하게 된 동기는 무엇보다도 그분의 시대를 뛰어넘는 풍자와 위트를 담은 작품 자체가 대단해서였지만 한편으로는 그분의 일관된 '어린이 사랑', 그 정신에 깊은 감동을 받았던 것도 크게 작용했습니다.

터키 내에서의 아지즈 네신의 작품에서 발생된 수익뿐만 아니라, 전 세계에서 출판되는 모든 번역본의 수익조차도 아지즈 네신이 생전에 어린이를 위해 설립한 '네신 재단'에 기부됩니다. 따라서 우리나라에서 제가 번역하여 출간한 이 책의 저작권료는 터키의 불우한 어린이를 위해서 쓰이는 것입니다.

저는 그분의 작품을 여러 편 번역해 오면서 항상 한국의 어린이들을 떠올리고, 그분의 숭고한 정신을 이어받아 우리나라에서 불우한 어린이에게 무언가 보탬이 되는 일을 해보고 싶었으나, 나의 조그마한 힘이 과연 쓸모가 있을까 하고 주저하고 머뭇거렸습니다.

이 작품을 번역하면서 "네 시작은 미약하였으나 네 나중은 심히 창대하리라."라는 성경 구절과 '미루는 것보다 시작이 중요하다.'라는 생각이 떠올라 용기를 내서 이 작품의 인세의 일부

를 불우아동을 위한 단체에 기부하기로 마음을 굳히고 실행에
옮기기로 결정을 내렸습니다. 아지즈 네신이 해 온 일에 비하면
백만 분의 일도 되지 않겠지만, 미약하나마 그분의 정신을 실천
하려는 저의 용기에 독자분들께서 격려해 주실 것이라는 희망
을 가져 봅니다.

2009년
이난아

왜들 그렇게 눈치가 없으세요?

| 펴낸날 | 초판 1쇄 2009년 5월 27일 |
| | 초판 3쇄 2013년 7월 26일 |

지은이	아지즈 네신
옮긴이	이난아
그린이	노석미
펴낸이	심만수
펴낸곳	(주)살림출판사
출판등록	1989년 11월 1일 제9-210호

주소	경기도 파주시 문발동 522-1
전화	031-955-1350 팩스 031-624-1356
홈페이지	http://www.sallimbooks.com
이메일	book@sallimbooks.com

| ISBN | 978-89-522-1066-1 44890 |